散文的风骨

通往心灵
花园的小径

徐鲁 著

少年读写课

海豚出版社
中国国际传播集团

通往心灵花园的小径

目录

引

子

散 文 能 带 给 我 们 什 么

美国著名诗人罗伯特·勃莱写过一篇《散文诗能带给我们什么》，他所描述的散文诗的文体之美，在我看来也就是散文之美。例如，散文的语言比分行诗具有更自然的节奏和语序；在散文里，我们常常会感到作家似乎不是在和所有人说话，而是轻声地和某个"个体"在说话；散文能够把某些被半埋没的感情和思想唤醒并表达出来；散文还能够"汲取细节"，在分行诗歌里丢失的东西，尤其是微妙的细节，在散文里可以找到；散文还能够让我们最初的观察和感受，甚至让那些也许只会发生一次的事物和瞬间，鲜活地、生动地保存下来。

散文无处不在。小说、诗歌、童话、戏剧，有时可能离我们有点遥远，可是散文天天就在我们身边，似乎须臾不能离开。刚刚入学的小学生写出的第一篇"作文"，哪怕很短很短，也只能是"散文"。就是我现在来讲这堂读写课，也只能用"散文"的语言来讲，不是吗？

中国是一个散文大国，历史悠久，源远流长。当代散文家汪曾祺先生曾经说过，如果一个国家的散文不兴旺，水平不高，那么就很难说这个国家的文学是兴旺的，水平是高的。写小说，写

*《笔谈散文》，百花文艺出版社1980年出版，老舍等著。该书介绍散文传统，解析散文作品，对散文研究有重要意义。

*《晚翠文谈新编》，生活·读书·新知三联书店2002年出版，汪曾祺著。该书收录了汪曾祺先生谈艺文章49题。

诗歌，写评论，都应该首先把散文写好。如果一个人连一篇散文都写不好，那很难说他能写好别的体裁。

　　我写本书的目的，与其说是要帮助读者怎样去阅读散文，不如说是想帮助读者怎样去热爱散文。如果读者读着这样一本书还能感觉和发现一些蕴含在散文里的"真善美"，有所感动、领悟和启示，哪怕是仅仅获得了一点阅读的乐趣，在我看来就是值得欣慰的了。文学阅读需要一些入门书和指导书，这是毫无疑问的，就像去音乐厅需要一些礼仪指南一样。这也是我创作这套书的一个小小愿望。

　　回想起来，我最早对"散文"自觉的喜欢，美丽的散文最早所给予我的文学上的熏陶，是从进入高中阶段开始的。我高一年

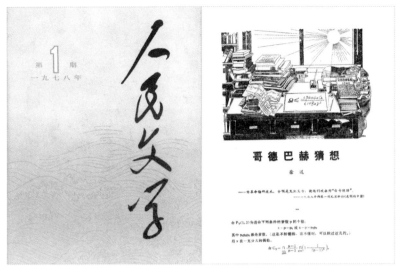

* 徐迟先生的散文名篇《哥德巴赫猜想》首发在 1978 年的《人民文学》杂志上。

级的班主任，也是一位文学爱好者，现在回想起来，他给我们讲语文课，对一些文学性很强的散文，讲的是那么生动，使我至今难忘。例如他讲徐迟先生的《哥德巴赫猜想》时，关于"文化大革命"那一段："只见一个一个的场景，闪来闪去，风驰电掣，惊天动地。一台一台的戏剧，排演出来，喜怒哀乐，淋漓尽致；悲欢离合，动人心扉。一个一个的人物，登上场了。有的折戟沉沙，死有余辜；四大家族，红楼一梦；有的昙花一现，萎谢得好快呵。乃有青松翠柏，虽死犹生，重于泰山，浩气长存！有的是国杰豪英，人杰地灵；干将莫邪，千锤百炼；拂钟无声，削铁如泥。一页一页的历史写出来了，大是大非，终于有了无私的公论。肯定——否定——否定之否定。化妆不经久要剥落；被诬的终究要昭雪。种子播下去，就有收获的一天。播什么，收什么……"

＊散文理论《吴然教你读散文》，外语教学与研究出版社 2011 年出版，吴然选评。

　　还有描写数学家陈景润那"天书"一般的数学手稿的那一段："……何等动人的一页又一页篇页！这些是人类思维的花朵。这些是空谷幽兰、高寒杜鹃、老林中的人参、冰山上的雪莲、绝顶上的灵芝、抽象思维的牡丹……"

　　对于这样一些段落，老师讲得很细，一边讲，一边发出赞叹：这才叫文章啊！工整有力的对仗，淋漓尽致的排比，铿锵有力的音节，何等精彩的文笔！若有神助，若有神助啊！现在回想起来，他那陶醉的欣赏者的神态和语气，都历历如在眼前。

　　除了《哥德巴赫猜想》，我记得印象很深的还有《包身工》《长江三日》《古战场春晓》等现代散文名篇，也是语文老师给我们重点讲过的课文。讲《包身工》时，他有意或无意地让我们记住了这样一些句子："黑夜，静寂得像死一般的黑夜！但是，黎明的到来，毕竟是无法抗拒的。索洛警告美国人当心枕木下的尸首，我也想警告某一些人，当心呻吟着的那些锭子上的冤魂。"多么有力的语言啊！讲《长江三日》时，我首先记住的也是作家刘白羽引用过的那些充满诗意的散文语言，如"前进吧！这是多么好啊！这才是生活啊！""天空啊，云彩啊，以及整个生命的美并不只存在于佛龙克，用得着我来跟它们告别？不，它们会跟着我走的，不论我到哪儿，只要我活着，天空、云彩和生命的美会跟我同在。"

实在是，这样的语言本身是极其精彩的，语文老师又把它们的美赏析到了我们都能够与之产生共鸣的地步。受着这样的语文课的熏陶，我们班上的大多数同学，都不能不或多或少地对文学产生了兴趣。我应当承认，我日后能逐渐地走上文学创作的道路，是和这位语文老师的影响不无关联的，正所谓"好雨知时节，当春乃发生，随风潜入夜，润物细无声"。

有人说过，散文是一种"最家常"、最能表现世道人心和人间情怀的文学体裁。我们阅读散文，常常会被一种朴素和温暖的人间情怀所感染。然而我们这一代人最早所接受的散文观念，主要是所谓"抒情散文"，所以有好多年，我总以为只有"抒情散文"才是正宗的散文，心中独推"抒情散文"来坐散文殿堂的第一把交椅。现在看来，这个观念实在是太狭隘了。散文的天地原本比任何一种文体都要广阔、自由和高远，是我们自己渐渐把散文引进了一条狭窄的抒情的胡同。好的散文应该是这样：真诚、自然是第一要素，清朗朴素，浑然天成，不可雕琢、做作和勉强。一旦雕琢就不自然了。不自然，即矫揉造作，是散文最大的不幸、最致命的毛病。无论是写人、记事，还是发议论、抒情……都应该是非常自然地流露出来，像小溪流淌在山谷间一样，从容不迫。

散文是语言的艺术。好的散文语言就像熠熠闪光的钻石。

且以法国作家儒勒·列那尔为例。他是一位善于写作短小而精致的散文的作家。他在日记里写道："我是一个追求完美的作家，因此我不能成为一个伟大的作家。"他极其讲究语言的锤炼、简洁和明快。他不仅不主张作家都去写那么长的作品，而且也极力反对在作品中使用拖泥带水的长句子。他说："绝对不要写长句子。碰上长句子，人们与其说是在读，还不如说是在猜。"他也讨厌毫无节制地运用形容词。"我希望不再看到十个字以上的描写。"

列那尔的散文代表作有《胡萝卜须》《自然纪事》等，都是一些几百字甚至几十字的短小、精致之作，有的篇什短到只有一个词、一句话，就像光芒四射的碎钻一样。如他的《蟑螂》，只有一行字："漆黑的，扁扁的，像个锁洞。"他的《蛇》，只有一个单词："太长了。"他写《萤火虫》，也只用了三个短语："有什么事呢？晚上九点钟了，屋里还点着灯。"他写《跳蚤》，也是一行字："一粒带弹簧的烟草种子。"他一生留下的作品从数量上讲显然不能算多，但大都精致至极，纯美至极，如纯金的颗粒，似闪亮的宝石。

"我只喜欢写些富有艺术性的小东西。"他说，在写作中，如果你已经感到某一页写得不太好了，就应该马上停下来，即使是白费了一天的工夫，一个字也没留下，也总比写得坏强。他去大雕塑家罗丹家里看过罗丹工作，回来后，他在日记里写道："应该像罗丹那样去写作。"以笔为刀，去细心地刻凿文字，剔除不必要的冗长的描述，挑拣出最有力的字词，像钉子一样钉到每一个段落里去。"一个用得好的词比一整本写得很坏的书强。"

他说，简练、精妙的作品应该像这样一个女子：当她脸上的脂粉都进落下来，露出了天然的颜色，这样，她才显得美丽、可爱。他认为，文学的未来是"属于文笔简练、惜墨如金的作家"的。因此，他给自己规定的写作准则是："每天只写一行。"

散文的美，有时也来自于散文作家对他所写的事物的独特观察与精准描述，来自他的"百科全书式"丰富的文化融通能力和广博的知识谱系。

帕乌斯托夫斯基（也译作巴乌斯托夫斯基）在《一生的故事》里谈到散文大师普里什文时，曾经说过这样的话：有一次，普里什文对他说，他所发表过的一切作品，和他每天所做的观察笔记相比，是完全微不足道的。他一生都在记笔记，主要是想为后代保存这些笔记。普里什文去世后，这些笔记中有一部分已经发表了，题名为《大地的眼睛》。就其内容来看，这是一部惊人的巨著，充满了富有诗意的思想和出乎意料的观察结果。

例如，普里什文写过一篇只有一个句子的小散文《花溪》："在那些春水奔腾过的地方，如今到处是鲜花的洪流。"帕乌斯托夫斯基赞叹说："普里什文在这些笔记中用两三行文字表达出来的观察结果，如果加以发挥，就足够另一个作家写出整整一本书来。"

正是因为有了长期细致入微的观察，普里什文的散文作品在优美的文学性之外，还具有丰富和准确的有关地理学、方志学、动植物学、民俗学、气象学、农艺学、物候学等等方面的文化性与

*《金蔷薇》中文译本，上海译文出版社1980年出版，康·巴乌斯托夫斯基著，李时译。该版本常印不衰，堪称散文珍品。

*散文集《面向秋野》中文译本，湖南人民出版社1985年出版，康·帕乌斯托夫斯基著，张铁夫译。

知识性。

再以中国作家沈从文先生为例。沈从文以小说名世，但是他的小说都带着淡淡的散文风格，或者说，他的小说也可当优美的散文来阅读。他的全部作品就是他为自己的乡土和人民所写下的史传，是江山风雨传，也是苦难心灵史。故乡的一草一木、一牲一畜和雨丝风片，都在他的心底里记忆和保留得清清楚楚。他曾在一封家书里写到过："我心中似乎毫无什么渣滓，透明烛照，对河水，对夕阳，对拉船人同船，皆那么爱着，十分温暖地爱着。"

有一位文学编剧把他的**小说《边城》**改编成了电影剧本，沈

中篇小说《边城》入选中小学生阅读指导书目。

先生对这个文学剧本的许多细节有过十分仔细的修改和批注，从中可看出他的观察与描述是

多么的讲究和精确。剧本里有一句描写："虎耳草在晨风里摆着。"对这一句，他这么注解道："不宜这么说。虎耳草紧贴石隙间和苔藓一道儿生长，不管什么大风也不会动的。"剧本里还写到："端午节那天下着毛毛雨。"他批改说："端午节不会下毛毛雨，落毛毛雨一般是在三月里。"

像这样的细节，无论是对散文作家的写作，还是散文读者的阅读，都是很好的启示。要享受散文爱与美的熏陶，就不能忽略散文里这样的细节。

阅读书目推荐

《笔谈散文》，老舍等著，百花文艺出版社

《晚翠文谈新编》，汪曾祺著，生活·读书·新知三联书店

《吴然教你读散文》，吴然选评，外语教学与研究出版社

《金蔷薇》，〔苏联〕康·巴乌斯托夫斯基著，李时译，上海译文出版社

《面向秋野》，〔苏联〕康·帕乌斯托夫斯基著，张铁夫译，湖南人民出版社

人类的群星闪耀时

一

　　一天，疲劳之极的玛丽揉着酸痛的后腰，隔着满桌的试管、量杯问皮埃尔："你说这镭会是什么样子？"皮埃尔说："我只是希望它有美丽的颜色。"经过三年又九个月，他们终于从成吨的矿渣中提炼出了 0.1 克镭。它真的有极美丽的颜色，在幽暗的破木棚里发出略带蓝色的荧光。

　　这点美丽的淡蓝色的荧光，融入了一个女子美丽的生命和不屈的信念。玛丽的性格里天生有一种可贵的东西，她坚定、刚毅、顽强，有远大、执着的追求。这种可贵的性格与高远的追求，使玛丽·居里几乎在完成这项伟大自然发现的同时，也完成了对人生意义的发现。在发现镭之后的不断研究中，居里夫人也在不停地变化着。在工作卓有成效的同时，镭射线也在无声地侵蚀着她的肌体。她美丽健康的容貌在悄悄地隐退，逐渐变得眼花耳鸣，浑身乏力。皮埃尔不幸早逝，社会对女性的歧视，更加重了她生活和思想上的负担。但她什么也不管，只是默默地工作。她从一个漂亮的小姑娘，一个端

*《人类的群星闪耀时》中文译本，生活·读书·新知三联书店1986年出版，斯蒂芬·茨威格著，舒昌善译。

庄坚毅的女学者，变成科学教科书里的新名词"放射线"，变成物理学的一个新的计量单位"居里"，变成一条条科学定律，她变成了科学史上一块永远的里程碑。

这是当代散文家梁衡的散文名篇《跨越百年的美丽》中的两段。作家不仅写出了居里夫人以毕生的努力发现的镭所闪烁的美丽的荧光，更以镭的荧光映照出了一位伟大的女科学家热爱科学事业，坚守自己的信念和追求，不屈不挠、甘为理想献身的人格的光芒。

二

　　讲到散文如何表现人类中那些伟大的身影，我们不能不想到
罗曼·罗兰写的一系列<u>名人传</u>。

　　高尔基生前曾写信给法国作家罗曼·罗
兰说："我恳请您为孩子们写一本《贝多芬
传》。同时我也请求另一位大作家威尔斯写
一本《爱迪生传》……我很想邀请一些优秀的作家参与，为孩子
们创作一套丛书，包括人类伟大的思想家的传记在内。所有这些
书都将由我来编辑出版。您很清楚，在今天，没有谁像孩子们这
样需要我们的关怀。我们这些成年人不久就要离开这个世界，我
们将留给孩子们一份微不足道的遗产……"

　　在另一个场合，高尔基又说道："地球是属于孩子们的，我们
会衰老，死去，而他们正像新的火焰一样燃烧着。正是一代代孩子，
使生活创造的火焰永远不灭。因此我说，孩子是永生的……"

　　从这封信里我们可以知道，高尔基认为罗曼·罗兰是写《贝
多芬传》的最佳人选。罗曼·罗兰的多卷本长篇小说《约翰·克
利斯朵夫》也是以音乐家贝多芬为人物原型的。罗曼·罗兰不仅
是一位懂得音乐、绘画的艺术大师，而且他笔下的人物，也都是

　　《名人传》是入选中学语文
课本的重要作品。多多了
解这三位大师的艰苦生平，
希望你也可以获得启迪。

※《傅译传记五种》，生活・读书・新知三联书店1983年出版，罗曼・罗兰等著，傅雷译。该书收录了著名翻译家傅雷所译的五种传记。

在逆境中奋斗、在苦难中跋涉、敢于向命运挑战的"精神英雄"，是能够拥有最坚强的意志、最博大的生命和最崇高的理想的那类值得崇仰的人物。《名人传》里所写到的德国音乐家贝多芬、俄国文学家列夫・托尔斯泰、意大利雕塑家米开朗基罗，正是属于这类伟大的人物。

《名人传》原书有一个副书名：痛苦和磨难造就的伟人。后来的读者也把这三位名人的传记称为"三巨人传""三大英雄传""三大师传"等。

书中的三位大师，虽然分处不同的艺术领域，但有一点却是共同的：他们都是全人类中最杰出的天才！他们在人生艰辛苦难的征途上，为了寻求真理、正义和心灵的胜境，为了创造能表现真、善、美的不朽作品，都付出了艰苦的探索，献出了毕生的精力。他们都以博大的爱心、殷殷的热血、无与伦比的天赋与才华、极端自觉和至死不渝的对于人类理想与艺术理想的追求，呕心沥血地从事着人类文化的崭新而伟大的创造工程。果然，一颗颗光华璀璨、无可替代但又相映生辉的巨大恒星升起来了，升于各自的世纪、年代的天空之上，而且一旦升起，便闪耀四方，永不坠落。他们既是人类文学苍穹里恒久耸立的高标，又是世界艺术宇海里不熄的航灯。更重要的是，他们都是人类精神海域里的领航者，是人类理想高地的孤独守夜人。人类将因为这些无限伟大的人物及其思想的存在，而对其永远感到虔诚，并心甘情愿地向他们低下自己的头颅，一旦离开了他们，将再也无法有意义地生存下去……

三

贝多芬（1770—1827），是音乐世界里的"首席乐圣"。他的气势磅礴的《第九交响曲》（中国的音乐家和爱乐者们都亲切地简称为"贝九"），既是贝多芬最有名和最为伟大的交响乐作品之一，

也是属于全人类的文化瑰宝，从它诞生那天起就一直回响在全世界各国的音乐大厅里。我们今天来聆听这部伟大的乐曲，仍然会强烈地感到，贝多芬所表现的崇高的理想，所发出的伟大的感召，还有他所歌颂的友爱与欢乐，都是我们今天这个世界仍然需要的，也是我们今天仍然应该继续去追求和拥抱的。

罗曼·罗兰这样描写贝多芬创作《第九交响曲》的情景：

> 这个不幸的人永远受着忧患折磨，永远想讴歌欢乐之美，然而年复一年，他延宕着这桩事业，因为他老是卷在热情与哀伤的旋涡内。直到生命的最后一日，他才完成了心愿。他完成的时候是何等的伟大！
>
> …………

*《贝多芬传》中文译本，人民音乐出版社 1978 年出版，罗曼·罗兰著，傅雷译。

　　他贫病交迫，孤独无依，可是他战胜了……战胜了人类的平庸，战胜了自己的命运，战胜了他的痛苦。

　　是的，假如要从全世界所有伟大的艺术家里面挑选出一位最伟大的音乐家，那么，许多人都会毫不犹豫地选择贝多芬。只有贝多芬！因为，"贝多芬只有一个"！

四

　　米开朗基罗（1475—1564）是意大利最杰出的雕塑大师、绘画家和诗人。他的两幅绘画代表作，展现了人类历史创世时代的巨幅壁画《创世纪》和《最后的审判》，不仅是他留给梵蒂冈西斯廷大教堂的艺术双璧，也是全人类的艺术珍宝，数百年来光华灿烂，魅力恒久。《创世纪》耗去了他 4 年的时间，《最后的审判》从 1536 年到 1541 年，历时近 6 年。画《创世纪》时他还不到 40 岁，正当但丁所谓"人生之中途"，而画完《最后的审判》时，他已然是 66 岁的老人了，两幅作品的完成相隔近 30 年。这期间所发生的一切：教廷和帝国之间的战争与宗教改革，画家自己的爱情经历，还有同时代艺术家如达·芬奇的客死法国，拉斐尔的病入膏肓……都对性情孤高的米开朗基罗的精神世界产生了深刻影响。血与火的纷争，灵与肉的搏斗，爱与恨的煎熬，还有人与神的离合……所有这些，都使米开朗基罗的心灵变得更加冷峻和悲怆。因为他分明感到了，这个世界已经堕落得无可救药。他的整个身心被一种沉重的悲剧气氛笼罩着。他在忧患和绝望中，期待着伟大的基督对人世间的善与恶、罪与非罪作出公正的审判。

　　五百多年过去了。如今，米开朗基罗留下的每一件艺术珍品都在放射着自己的奇光异彩。而这位历尽苦难和艰辛的艺术家苍老而

忧愁的容颜，仿佛就隐藏在那些艺术品幽蓝和暗黑的背景后面，隐藏在壁画上那些赤裸的、圣洁的、受难的和满怀渴求与提升的人物之间。而透过这个人神共存的世界，我们似乎感到了一种人与神共同具有的光芒、美丽与力量——那是爱的光芒，年轻、健康和干净的肉体的美丽，以及精神获得自由，灵魂得以解放和升腾时的力量，仿佛电光石火，有若旭日照临。这样的光芒、美丽与力量，足以照亮和提升在不同的世纪里曾经陷入黑暗和深渊之中的世界。

罗曼·罗兰在书中这样赞美这位艺术巨擘：

> 伟大的心魂有如崇山峻岭，风雨吹荡它，云翳包围它。但人们在那里呼吸时，比在别处更自由更有力。纯洁的大气可以洗涤心灵的秽浊……

* 米开朗基罗雕塑名作《哀悼基督》(局部)

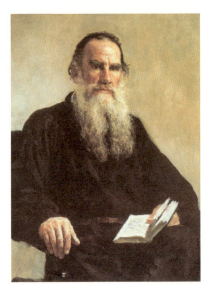

* 俄国文学家列夫·尼古拉耶维奇·托尔斯泰
（列宾绘）

五

　　列夫·托尔斯泰（1828—1910），这位写过《战争与和平》《复活》《安娜·卡列尼娜》等长篇巨著的文学家，也是一位伟大的人道主义者和照耀人类心灵的智者。他在进入中年以后，对人生、道德、现实生活等方面的观点，发生了极大的变化。他自己是贵族出身，但他对自己大半生都生活在那里的亚斯纳亚·波利亚纳庄园开始憎恨起来。他在当时的一篇日记中写道："有一点总使我痛苦日增，在我的生活的四周是一片不应当有的穷苦和贫乏。而在这片穷苦贫乏当中又存在着毫无道理的奢侈，这是不合乎正义的……"

　　年老的托尔斯泰开始同他的那个贵族阶层决裂。他把他的同情和关心倾注到广大的贫苦农民身上，倾注到农村的孩子们身上。有一段时间，他几乎中止了自己的创作，而先后在他的庄园附近的乡村，为农家的孩子们创办了二十多所学校。他同时还亲自为孩子们编写《字母表》《阅读课本》等启蒙读物。他自己动笔编写了一些适合孩子们阅读和理解的包括自然科学方面的小故事。他称他的启蒙读本是教育俄国"整整两代孩子——不论是沙皇的孩子还是农民的孩子"的书。其中许多经他改编的俄罗斯民间故事，语言简洁，生动易记，很受乡村孩子们的欢迎。

* 油画《托尔斯泰在耕耘中》(列宾绘)

　　晚年的托尔斯泰甚至亲自走到广袤的大地上耕耘，劳动。他
不是在耕耘着春天的大地，而是在专注地、真诚地垦殖着人类广
漠的心灵与精神的荒地。他相信，世界上应该有自由、平等和博
爱的真理。善良、幸福和人道，应该是属于所有人的，包括那些
贫穷和饥饿的人。为此，他独善其身，归于最彻底的简朴与平淡
的生活。他把省下来的钱捐助给农村的受灾饥民，捐献给乡村的
教育事业。他从农民子弟的欢乐中获得了自己内心的轻松与平和。
许多年后，高尔基这样评价托尔斯泰——"这个人完成了真正伟
大的事业：他把过去整整一个世纪的生活做了总结，而且以惊人
的真实、力量和美……"

　　罗曼·罗兰在《托尔斯泰传》里一开始就告诉我们：托尔斯
泰的心灵是俄罗斯最伟大的心灵，一百多年前，这颗心在大地上

闪烁着光华，而在那以后的任何一个年代里，这颗心仍然在照耀着我们——

> 在 19 世纪终结时阴霾重重的黄昏，他是一颗抚慰人间的巨星，他的目光足以吸引和安慰一代代青年的心魂。

六

《名人传》创作于 20 世纪初期，百年来对读者产生过巨大的影响。其实，罗曼·罗兰自己也是一位可以列入《名人传》的伟大的文学家。他在讲述这三位大师的故事的时候，并没有拘泥于对他们的生平做琐屑的考据和描写，也没有去完整地描述他们一生的创作历程，而是着力表现这三位"精神巨人"的共同之处，刻画他们为追求真、善、美的人生理想而忍受着苦难，不向厄运屈服的心路历程和精神力量。罗曼·罗兰把这三位天才人物

散文重在聚"神"，有的放矢地取舍，做到"以点带面"，重点突出，反而更容易让文章出彩。

都称为"英雄"。他所指的"英雄",是指"具有伟大的品格"的人,正如罗曼·罗兰自己所说的:"我称之为英雄的,并非以思想或强力称雄的人,而是依靠心灵而伟大的人。"在这三部"英雄传"中,罗曼·罗兰以激情充沛、文采斐然的笔墨,淋漓尽致地写出了他们与命运抗争的崇高勇气和对全人类的苦难怀着深挚的悲悯的伟大情怀。

无论是贝多芬的敢于以最大的勇气去迎接命运的敲门声,还是米开朗基罗的越是痛苦艰难越发坚强不屈,或者是托尔斯泰的为了找到人生的真理而甘心忍受痛苦的折磨……都正好印证了一句中国的古训:"古今立大事者,不惟有超世之才,亦必有坚忍不拔之志。"也印证了大翻译家傅雷先生在翻译这部《名人传》时,情不自禁地在《贝多芬传》扉页上写下的中国先哲孟子的那句名言:"天将降大任于是人也,必先苦其心志,劳其筋骨,饿其体肤,空乏其身,行拂乱其所为,所以动心忍性,曾益其所不能……"

因此我们也可以说,这三篇传记,也是罗曼·罗兰用他天才的文笔和满怀的激情谱写的另一阕"英雄交响曲"。

阅读书目推荐

《梁衡红色经典散文选》,梁衡著,中国人民大学出版社
《梁衡散文中学生读本》,梁衡著,文化艺术出版社
《人类的群星闪耀时》,〔奥地利〕斯蒂芬·茨威格著,舒昌善译,生活·读书·新知三联书店
《名人传》,〔法国〕罗曼·罗兰著,傅雷译,人民文学出版社
《傅译传记五种》,〔法国〕罗曼·罗兰等著,傅雷译,生活·读书·新知三联书店

童心最美

* 我国现代文学家、画家丰子恺（1898—1975）

中国现代散文作家中，**丰子恺先生与《爱的教育》的作者亚米契斯有着类似的风格**。先生一生不失真纯的赤子之心，自称是"儿童崇拜者"。散文家朱自清曾这样评价他："因为他喜欢春天，所以紧紧地挽着她，至少不让她从他的笔底下溜过去。在春天里，他要开辟他的艺术的国土。最宜于艺术的国土的，物中有杨柳和燕子，人中便有儿童和女子。所以他自然而然地将他们收入笔端了。"朱自清的这番话是针对丰子恺的漫画来说的，但我觉得，这些评价同样也适用于谈论他的散文。

丰子恺展现儿童精神和面貌的文章有多篇入选语文教材。《故事背后有故事：好故事是怎样推开门的》中《爱心的池塘》一篇专门介绍了《爱的教育》，可进行对比阅读。

一

　　丰子恺说过，人的心都有包皮，有的人用的是单层纱布，有的人用的是纸，有的人用的是冰冷的铁皮。而只有孩子的心，才是连一层纱布都不包的，是"赤裸裸而鲜红"和"彻底的诚实、纯洁而不虚饰"的。

　　他也曾经这样阐明他的儿童观："……初尝世味，看见了当时社会里的虚伪骄矜之状，觉得成人大都已失本性，只有儿童天真烂漫，人格完整，这才是真正的'人'，于是变成了儿童崇拜者，在随笔中，漫画中，处处赞扬儿童……从反面诅咒成人社会的恶劣。"

　　丰子恺的这种儿童观，这种儿童崇拜意识，我们从他的散文《给我的孩子们》《华瞻的日记》《儿女》《送阿宝出黄金时代》，以及《白鹅》《手指》等篇章中，都不难看出。诗人郁达夫曾就丰子恺这种对于儿童的体贴入微的爱心，和冰心的对于儿童的母爱之心相比较，认为描写儿童相貌、表现儿童世界是丰子恺散文的一个显著特色。

　　丰子恺不仅喜欢孩子，也善于发现童心的美丽，善于引导和教育孩子。他的身边常有很多孩子，有自己的儿子和女儿，他称他们是"小燕子似的一群儿女"，也有邻居家的。他尽可能地利用

*《缘缘堂随笔集》，浙江文艺出版社1983年出版，
丰子恺著，丰一吟编。

*《给我的孩子们》，湖北教育出版社2011年出版，
丰子恺著。

所有闲暇的时间同孩子们亲近玩耍，或者给他们讲故事，或者教
他们画画。

　　他曾这样说过："朋友们说我关心儿女。我对于儿女的确关心，
在独居中更常有悬念的时候。但我自以为这关心与悬念中，除了
本能以外，似乎尚含有一种更强的意味。所以我往往不顾自己的
画技与文笔的拙陋，动辄描摹。因为我的儿女都是孩子们，最年
长的不过9岁，所以我对儿女的关心与悬念中，有一部分是对普
天下的孩子们的关心与悬念。"

二

　　孩子们还幼小的时候，丰子恺常常说自己是"兼母之父"，虽然是父亲，却总怀着一颗慈母的心。那时他经常要外出教书，但只要一回到家里，便手脚不停地去抱孩子，喂孩子吃食，唱小曲逗孩子入睡，描图画引孩子发笑，有时也蹲下身子，和孩子们一起用积木搭汽车，或者坐在小凳上装着"乘火车"……

　　阿宝！有一晚你拿软软的新鞋子，和自己脚上脱下来的鞋子，给凳子的脚穿了，刬（chǎn）袜立在地上，得意地叫"阿宝两只脚，凳子四只脚"的时候，你母亲喊着"齷齪了袜子！"立刻擒你到藤榻上，动手毁坏你的创作。当你蹲在榻上注视你母亲动手毁坏的时候，你的小心里一定感到"母亲这种人，何等杀风景而野蛮"吧！

　　瞻瞻！有一天开明书店送了几册新出版的毛边的《音乐入门》来。我用小刀把书页一张一张地裁开来，你侧着头，站在桌边默默地看。后来我从学校回来，你已经在我的书架上拿了一本连史纸印的中国装的《楚辞》，把它裁破了十几页，得意地对我说："爸爸！瞻瞻

丰子恺漫画《得其所哉》

也会裁了！"瞻瞻！这在你原是何等成功的欢喜，何等
得意的作品！却被我一个惊骇的"哼！"字喊得你哭了。
那时候你也一定抱怨"爸爸何等不明"吧！

　　软软！你常常要弄我的长锋羊毫，我看见了总是无
情地夺脱你。现在你一定轻视我，想道："你终于要我画
你的画集的封面！"

　　这是《给我的孩子们》里的几段文字。这里面有先生的热爱、
观察、发现，也有他的内省与检讨。正是这种热爱、观察和亲近，
使他真切地揣摩到了孩子们的心理，发现了一个和成人世界完全
不同的儿童世界。他把这个世界的种种画进他的漫画里，写进了
他的散文里。他甚至想象着，他是用自己的文字"为儿童另行创

造了一个世界"。

在这个世界里，房子的屋顶可以要求拆去，以便看飞机；睡床里可以要求生出花草，飞着蝴蝶，以便游玩；凳子的脚可以穿上鞋子；亲兄妹可以做新郎官和新娘子；天上的月牙儿也可以摘下来，拴上秋千绳子……这是一个多么纯真与美好的世界。

三

抗日战争时期，丰子恺先生一家颠沛流离，居无定所，几个正值学龄的孩子无法入学。尽管如此，丰子恺仍然不放松对他们的引导和教育。他亲自为孩子们编选教材，让孩子们读书学习，尤其是学习古典诗词。从李白、杜甫、白居易到辛弃疾、李清照、龚自珍……他不仅让孩子们能够背诵他们的作品，还要求孩子们领会这些作品的思想内容。

丰子恺的女儿丰一吟曾回忆过这样一件小事：当他们全家在杭州西子湖畔居住的时候，有一个夏日的傍晚，父亲没有像往常那样出来乘凉，给孩子们讲故事，而是一个人躲在闷热的屋子里。

丰一吟很纳闷儿，便走进去想看个究竟。

原来，父亲正在用工整的蝇头小楷把洋洋两千多字的屈原长诗《离骚》，全部抄录在一把白纸折扇上。他擦着汗水对女儿说："一吟，这是大诗人屈原的名篇，我把它抄录在扇子上，你挥扇时就可以读到，今年整个夏天，你就可以把它全部背下来了。"

丰一吟果然按照父亲的要求，日日摇扇诵读。一个夏天过去了，她也终于把一首长长的《离骚》熟练地背了下来。

后来，孩子们回忆起父亲时都一致觉得，他不仅是一位严厉而慈祥的父亲，更是他们心灵中一位平等而知心的朋友和伙伴。丰子恺自己也承认说："这小燕子似的一群儿女，是在人世间与我因缘最深的儿童，他们在我心中占有与神明、星辰、艺术同等的地位。"

四

丰子恺先生在不同时期创作了许多表现儿童生活、适合少年儿童阅读的散文。其中有的散文直接以童年见闻和儿童生活为题材，有的散文虽然不是直接表现儿童生活，却也从不同的角度呈

*《丰子恺散文选集》，上海文艺出版社 1981 年出版，丰子恺著，丰华瞻、戚志蓉编。

现出了他的"儿童本位"意识和儿童教育理念。这些散文在语言上准确、清浅、温婉，是十分适合少年儿童阅读的"美文"。

我们从他入选《语文》课本的《白鹅》《手指》等名篇里，可以感受到他的散文中纯净、烂漫的童心与童趣。

他在《赤心国》和《明心国》里，借助童话的形式呈现了他心目中的"理想国"——单纯透明的儿童世界。

"赤心者，能感应世间痛苦，为王者，赤心最大，而官次之。明心者，能以诚心示人，感情与思想都没法隐瞒。比之于成人，儿童有着一颗赤心；比之于成人，儿童有着一颗明心。"丰子恺作品的研究者、中国香港学者霍玉英博士这样评说道："丰子恺恒常以赤心与明心观照世界，仿如他笔下所称道的杨柳。花木大都向上生长，于是有红杏高出墙头，有古木耸立参天，但越往高处生长，却越容易忘了养活它的根本。杨柳不同，当春抽条，越长越高，也越垂越低，风过时，条条垂柳轻吻养活它的根本。杨柳之美，在其下垂。高而能下，不忘根本，丰子恺独得垂柳之美。"

我们知道，丰子恺的散文和漫画里也常常闪耀着"佛性"的光芒。其实，纯净的童心就包含着"佛性"。丰子恺的散文、漫画里的"佛性"，与他一贯拥有的"童心"相互通融。因此，他的表现护生思想的《护生画集》，表现儿童生活的《儿童漫画》，表现社会众生相的《人间相》等，都具有清澈的诗性和温暖的人道情怀。

阅读书目推荐

《缘缘堂随笔集》，丰子恺著，丰一吟编，浙江文艺出版社

《给我的孩子们》，丰子恺著，湖北教育出版社

《丰子恺散文选集》，丰子恺著，丰华瞻、戚志蓉编，上海文艺出版社

《白鹅：丰子恺专集》，丰子恺著，晨光出版社

励志的乐章

男 孩 伊 柳 沙 的 来 信

　　这是发生在 1910 年冬天的一个真实的故事。

　　那个异常寒冷的冬天，在 7 岁男孩伊柳沙看来，似乎比以前所有的冬天都要漫长。来自西伯利亚的凛冽寒风，日夜不停地吹刮着，好像一个可怕的巫婆在呜呜地号叫。彼得堡清冷的大街上，仿佛每一个人都紧缩着脖子，神情抑郁得就像那随时都可能降下雪来的天空。

　　"多可怕的冬天啊！该不会发生什么事情吧？"有经验的老人不由得自言自语起来。

　　果然，这一年的 11 月 20 日，一个不幸的消息在瞬间传遍了寒冷的俄国大地：伟大的、仁慈的文学家列夫·托尔斯泰与世长辞！

　　这个可怕的坏消息，让小男孩伊柳沙大吃一惊。他不敢相信报纸上的话是真的。因为就在昨天，他刚刚听到了一个新故事:《猫在屋顶上睡觉的故事》。讲故事的人告诉他，写这个故事的人，就是白胡子老爷爷列夫·托尔斯泰先生。

　　"不，这肯定不是真的！"伊柳沙摇着爸爸的手说，"会写这么好听的故事的人，是不会死的。彼得堡的每一个人，都读过他

＊ 苏联伟大的文学家高尔基（1868—1936）

的书……"

　　"哦，我亲爱的孩子，我也希望这不是真的。"爸爸擦了擦眼里的泪水，把伊柳沙搂在胸前说，"可是，我们得相信这个不幸的事实了，列夫·托尔斯泰先生真的离开了我们，离开了他居住的亚斯纳亚·波利亚纳……就像普希金、涅克拉索夫、克雷洛夫、屠格涅夫这些伟大的诗人和作家一样，离开了我们，再也不会回来了……"

　　"天哪！他们都死了！这么说，我们不是再也没有诗人，没有作家了吗？"小伊柳沙似乎意识到了问题的严重性。

　　是啊，没有了诗人，没有了作家，以后还有谁能给俄国的孩子写书呢？而没有书的日子，又是多么难挨啊！

　　"不，亲爱的孩子，我们还有一位非常优秀的作家，他叫马克西姆·高尔基，他像托尔斯泰一样伟大、善良，他会给你们写书、讲故事的。只是，他现在不在俄国，他住在意大利的卡普里岛上。此时此刻，我想，他正和我们一样，在为托尔斯泰的去世难过……"

爸爸说着，又拿起了那张为伊柳沙家送来了不幸消息的报纸……

马克西姆·高尔基？意大利的卡普里岛？……当天晚上，7岁的伊柳沙坐在火炉旁边，手捏着铅笔，思忖了好半天。他决定给这位远在意大利的高尔基先生写一封信。他从自己的小壁橱里找出了一张平时舍不得用的彩色纸，铺展平整，在上面端端正正地写道：

"亲爱的高尔基爷爷，您一定知道了，今天早晨，会讲故事的托尔斯泰先生死了。还有普希金、莱蒙托夫、涅克拉索夫、屠格涅夫、克雷洛夫……俄国所有有名的作家都死了。现在，只剩下您了，而您，又在遥远的意大利……"

写到这里，伊柳沙突然觉得有种委屈涌上心头。他觉得鼻子有点发酸，泪水正在眸子里转动。但他想，不能，决不能让眼泪流出来！

于是，他转过脸看了看通红的炉火，好像想让炉火把他的眼泪烘干似的。他转了转铅笔，继续写道：

"……高尔基爷爷，您为什么不回彼得堡呢？是没有回来的路费吗？如果您回不来，请写个童话寄给我，好吗？您的伊柳沙……"

第二天，伊柳沙就把这封信交给了邮差。

他不知道从彼得堡到意大利的卡普里岛到底有多远的路程。

他一天天地等啊等啊，一边等一边计算着日子。

天气变得越来越冷了。厚厚的冰雪封住了涅瓦河……

不久后的一天，邮差的铃声在伊柳沙家门口响了起来。马克西姆·高尔基真的从遥远的意大利给伊柳沙写来了回信。

高 尔 基 的 回 信

高尔基在信上这样写道：

我亲爱的伊柳沙：

是的，托尔斯泰人死了，但是作为一个伟大的作家，他仍然活着，他永远和我们在一起！

过几年后，当你长大一些，开始自己阅读托尔斯泰的优秀作品时，亲爱的孩子，你一定会十分喜悦地感觉到，托尔斯泰其实并没有死，他和你在一起，他在用他的艺术给予你最愉快的享受。

伊柳沙，你知道吗？还有一位杰出的作家叫弗拉基

米尔·柯罗连科。我建议,让爸爸给你朗读一下他写的
《撞钟老人》。

　　谢谢你给我写信,根据你的请求,寄给你一个故事
和几张卡普里岛的风景明信片。

马克西姆·高尔基
卡普里岛

高尔基的许多作品,如本篇中提到的
《早晨》《海燕》《给,永远比拿愉快》,
小说《童年》的片段,等等,都曾被
选入中小学语文课本。

　　读着这封来自卡普里岛的书信,
伊柳沙是多么高兴啊!放下书信,他
又捧起了那篇故事,那篇像美丽的童
话一样的散文——《早晨》。

　　世上最壮观的就是欣赏白昼的诞生!

　　黑夜悄悄隐入山谷和石缝,藏到浓密的树叶下,躲
进洒满露珠的草丛中。

　　高耸的山峰温情地微笑着,空中射来第一束阳光,
仿佛对柔和的夜影说:

　　"别害怕,这是太阳!"

　　海浪高高扬起白头,向太阳鞠躬歌唱,犹如美丽的
宫女参见皇上:

　　"欢迎您啊,世界的君王!"

　　仁慈的太阳笑逐颜开;海浪终夜嬉戏翻滚,左回右
旋,这时已是乱作一团。

　　她们碧绿的衣衫揉皱了,天鹅绒长裙搓乱了。

"早安!"太阳俯向大海说,"早安,漂亮的姑娘们!不过,也该玩够了,安静下来吧!你们再不停止欢蹦乱跳,孩子们就不能下水游泳啦!应当让大地上的人们过上美好的生活,对吗?"

石缝里钻出几条绿色的蜥蜴,眨着惺忪的睡眼,彼此交谈道:

"今天是个热天啊!"

热天里,苍蝇飞得很慢,蜥蜴捕食可方便了!

吃到一个美味的苍蝇,有多快活!蜥蜴真是贪婪的馋家伙。

花朵托着露珠淘气地东摇西晃,仿佛挑逗人们说:

"我们清晨披着露珠,百媚千娇,先生,您不妨描写一番!花儿小巧玲珑的身姿,也可以动笔描绘几句。试试看,并不难!我们都是这样质朴无华……"

她们是一群狡猾的小东西!

花儿深知她们动人的绝色天姿是无法用文字形容的,于是,嘻嘻地笑了!

我脱帽向她们致敬道:"你们太客气了!谢谢你们的盛情厚谊,可是,我今天没时间了。以后吧,也许能做到……"

群花向太阳伸着懒腰,自豪地微微含笑。

映在露珠里的朝霞光华夺目,用宝石般的灿烂光辉镶满花瓣和叶片。

金色的蜜蜂和黄蜂已经在花间飞舞盘桓,贪婪

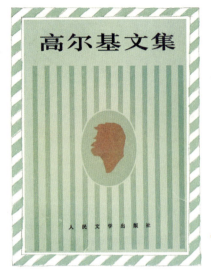

*《高尔基文集（全二十册）》中文译本，人民文学出版社 1981—1985 年陆续出版，高尔基著，靖宏等译。

地吸吮着香甜的花蜜，她们低沉的歌声在温馨的空中回响……

⋯⋯⋯⋯⋯

（孟庆文译）

　　在这篇散文里，高尔基用拟人的手法赋予那些植物和动物以鲜明的个性，通过它们的对话和行动，热情地赞美了早晨的太阳，还有太阳下人们的工作与劳动。在早晨的金色霞光中，一切都是那么清新、朝气蓬勃，一切都充满积极向上的生机。

　　他希望所有的孩子都能够热爱太阳和早晨，并且都能够懂得：热爱生活的人们在大地上辛勤劳动的经历，才是世界上最令人神往的"童话"——

红胸脯的知更鸟睡醒了。

他们站起来，用纤细的小腿支撑着身子，不住地摇头晃脑，也唱起轻快的歌儿。鸟儿比人更懂得生活在大地上的欢乐！

知更鸟总是第一个迎来太阳；他们胸前的羽毛宛如朝霞朵朵，于是在遥远、寒冷的俄罗斯，获得了"朝霞鸟"的美称。

毛色灰黄的、活泼的金翅鸟，在灌木丛里跳上跳下，活像街头顽皮的孩子，没完没了地叫着闹着。

燕子和雨燕在追捕小虫，疾如黑色的飞箭，时隐时现，愉快地、讨人喜爱地呢喃啁啾。有这样一双敏捷轻盈的翅膀，多惬意啊！

伞松的枝丫在微微摇曳，一棵棵的伞松宛如一只只大酒杯，注满了玉液琼浆般的绚烂阳光。

人们睡醒了，他们的整个生活就是劳动。

人们睡醒了，他们毕生都在使大地变得美丽富饶。

然而，自身却从生到死一贫如洗。为什么？等你长大后，会明白这些的，当然，如果你想知道的话。

可是现在，去热爱太阳吧。他是一切欢乐和力量的源泉，但愿你们快乐、善良，就像对一切都和蔼可亲的太阳一样。

人们醒来了，他们走向自己的土地，去从事自己的劳动！

太阳含笑凝视着他们：他最清楚人们在大地上做了

多少美好的事情，他看见过去大地上一片荒芜，而今到处展现出人们——我们的父辈和祖先——进行伟大劳动的业绩，在干着孩子们暂时难以理解的严肃事业时，他们还造出了各种玩具，世界上各种惹人喜欢的东西——电视机等等。

啊，我们的先辈，艰苦卓绝地工作，在我们周围处处建立了丰功伟绩，赢得了我们的热爱和景仰！

应该想到这一点啊，孩子们！

人们在大地上劳动的经历才是世界上最令人神往的童话！

这是一篇充满了积极向上的励志精神，能够给人带来希望、信心和力量的散文。这也是由散文与童话两种形式完美融合而成的一篇精致的作品。虽然作家采用的是散文诗的形式，但是通篇充满了热烈和饱满的诗的激情，同时又散发着想象之美。

美好的事物，终归是美好的，哪怕面临凋零的时光。

我们热爱的东西，我们要永远热爱，即使我们濒于死亡……

白昼来到了！

早安，孩子们，但愿你们一生中能有很多美好的日子！

在这篇散文的末尾，高尔基还这样问道："我写得枯燥无味吗？

毫无办法，孩子活到了 40 岁，多少会变得有点枯燥无味的。"

　　读到这里，伊柳沙忍不住笑了起来。"不，一点也不枯燥无味！"伊柳沙在心里说道，"亲爱的高尔基爷爷，我已经深深地记住您的话了：我们热爱的东西，我们要永远热爱，永远……"是的，正是从这个冬天开始，伊柳沙渐渐地长大了。

　　谁也没有想到，伊柳沙长大之后，也成了一位著名的诗人。而在他的童年时代，大文学家高尔基亲手寄给他的这篇散文《早晨》，也成了世界散文诗宝库中最美丽、最著名的一阕励志的乐章。

暴 风 雨 中 的 海 燕

　　高尔基虽然不是一位只写散文的作家，但是，他的不少散文在不同的年代里都能够不胫而走，并且脍炙人口。也许，有不少读者都曾在自己的日记里抄写过高尔基的这些名言：

　　"生活条件越是困难，我就觉得自己越发坚强。人是在不断反抗周围环境中成长起来的。……就是这个社会不容我立脚的时候，我也要像钢铁一般顽强地生存下去！"

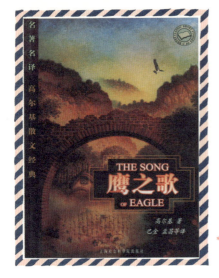

"只有在童年时代人们才生活得幸福，因为孩子们的生活是无忧无虑的，成人们在为他们工作。所以应该注意让人们终生保持儿童的感情和思想状态。"

"生活之所以美好，就在于我们左右永远有一颗年轻、善良的心在成长，开花；如果它在你面前稍加披露，你就会从中看到它对你的微笑。凡是疲倦了的，看着一切都生气的人，千万不要忘记这颗可爱的心，要在自己身旁找到它。"

"我扑到书籍上，就像饥饿的人扑在面包上。"

的确，高尔基的作品里，无论是小说、散文，还是诗歌，都充满了一种坚强、明亮和温暖的励志精神。下面我们要介绍的散文诗《海燕》，就是其中的拔萃篇什。

在苍茫的大海上，狂风卷集着乌云。在乌云和大海之间，海燕像黑色的闪电，在高傲地飞翔。

一会儿翅膀碰着波浪，一会儿箭一般地直冲向乌云，它叫喊着，——在这鸟儿勇敢的叫喊声里，乌云听出了欢乐。

在这叫喊声里——充满着对暴风雨的渴望！在这叫喊声里，乌云听出了愤怒的力量、热情的火焰和胜利的信心。

海鸥在暴风雨来临之前呻吟着，——呻吟着，它们在大海上飞窜，想把自己对暴风雨的恐惧，掩藏到大海深处。

海鸭也在呻吟着，——它们这些海鸭呀，享受不了生活的战斗的欢乐：轰隆隆的雷声就把它们吓坏了。

蠢笨的企鹅，胆怯地把肥胖的身体躲藏在悬崖底下……只有那高傲的海燕，勇敢地，自由自在地，在泛起白沫的大海上飞翔！

乌云越来越暗，越来越低，向海面直压下来。而波浪一边唱歌，一边冲向高空，去迎接那雷声。

雷声轰响。波浪在愤怒的飞沫中欢叫，跟狂风争鸣。看吧，狂风紧紧抱起一层层巨浪，恶狠狠地把它们甩到悬崖上，把这些大块的翡翠摔成尘雾和碎末。

海燕叫喊着，飞翔着，像黑色的闪电，箭一般地穿过乌云，翅膀掠起波浪的飞沫。

看吧，它飞舞着，像个精灵，——高傲的、黑色的暴风雨的精灵，——它在大笑，它又在号叫……它笑那些乌云，它因为欢乐而号叫！

从雷声的震怒里，——这个敏感的精灵，早就听出了困乏，它深信，乌云遮不住太阳，——是的，遮不住的！

狂风吼叫……雷声轰响……

一堆堆乌云，像青色的火焰，在无底的大海上燃烧。大海抓住闪电的箭光，把它们熄灭在自己的深渊里。这些闪电的影子，活像一条条火蛇，在大海里蜿蜒游动，一晃就消失了。

"暴风雨！暴风雨就要来啦！"

这是勇敢的海燕，在怒吼的大海上，在闪电之间，高傲地飞翔。这是胜利的预言家在叫喊：

"让暴风雨来得更猛烈些吧！……"

（戈宝权译）

散文诗名篇《海燕》，是高尔基最有影响的作品之一。贯穿全文的形象是海燕，背景是暴风雨来临前的大海。作家通过对海燕在暴风雨来临之际展翅高翔、勇敢进取的精神的刻画，象征性地反映了俄国伟大的十月革命前夕急剧发展的革命形势，热情地歌颂了俄国无产阶级革命先驱者坚强、无畏的战斗精神，预言了沙皇的黑暗统治必将崩溃，革命必将取得胜利的美好前景。

这篇散文诗曾得到伟大的革命家列宁的高度评价。列宁在他的名作《在暴风雨来临之前》中就引用过《海燕》里"让暴风雨来得更猛烈些吧"这一含义深刻，且能给人以巨大鼓舞的名句。

这篇散文诗的精神基调壮美乐观，激情饱满，语言上也慷慨激昂、铿锵有力，今天读来仍然激动人心，催人进取向上，可以说是一篇经典且常读常新的励志美文。

为孩子著书

许多小读者都十分熟悉那篇曾经被选入《语文》课本的散文《小摄影师》。这篇励志美文的作者是苏联儿童文学作家列·波利索夫，故事的主人公是大作家高尔基和一个孩子。这篇小故事被选进课本时，个别句子虽然已经有所改动，但仍然让我们看到了高尔基与孩子之间的亲密关系，看到了高尔基那颗博大、慈爱的心。

高尔基一生十分喜欢小孩子，他就像一株枝叶茂密的老树，总是向着地下和身边的小草张开自己温暖的怀抱，把自己博大的爱心和深情的祝福献给那些幼小、娇嫩的赤脚儿童。

1916年12月，他给他的老朋友、法国文学家罗曼·罗兰写信说："我恳请您为孩子们写一本《贝多芬传》。同时我也请求另一位

*《高尔基论儿童文学》中文译本，中国青年出版社
1956年出版，密德魏杰娃编，以群、孟昌译。

大作家威尔斯写一本《爱迪生传》，请弗里乔夫写一本《哥伦布传》，
我自己会写一本《加里波第传》。我很想邀请一些优秀的作家参与，
为孩子们创作一套丛书，包括人类伟大的思想家的传记在内。所
有这些书都将由我来编辑出版……"

　　高尔基生前不仅不遗余力地为孩子们的事业呼吁、奔走，同
时，他还多次批评当时的一些作家，批评他们"好像觉得写一写
孩子或为孩子写作会降低自己的身份似的"。而他自己，"俯首甘
为孺子牛"，不仅亲自为孩子们创作了大量的儿童小说、童话故事、
散文、童话诗，还在日常生活中与许多孩子建立并保持着十分亲
密、融洽的友谊。

写给孩子的诗

　　曾有一个名叫古纳尔的小孩子，这样给高尔基写信说：

　　"高尔基爷爷您好！快教我写书吧，我已经写了好几篇作文。我叫古纳尔，我快9岁啦！请您告诉我，当您写书不是写自己的时候，难道您是潜入人家的屋子里去偷听了，然后才写的吗？总之，请告诉我怎样写不是讲述自己的书吧。"

　　看着这样稚拙、真诚的信，高尔基开怀大笑又深受感动。是的，他从孩子的信中看到了一种纯真和希望。他在写那些长篇作品的同时，也从来不忘给孩子们写一些生动有趣的小童话故事和短小的诗歌。他曾经给一个名叫阿·斯列金的小孩子写过这样一首小童话诗：

　　　　月亮驾着两匹灰色驽马的车子，
　　　　在苍黄的天上蹒跚着步履。
　　　　她竭力把自己打扮成一个，
　　　　温柔又多情的美女。

　　　　一块乌云把污秽的泥浆，

洒在月亮和小麦上，像湿布一样。

倘若和她相逢在天堂的大门前，

不论乌云月亮，我把他们全部埋葬！

这首小诗通过"我"来否定月亮的东施效颦和乌云的污秽，想象奇特，寓教于乐。作者在这首诗的后面还写道："赠给阿·斯列金，作为楷模。"

有困难就去找高尔基爷爷

高尔基是这样关心和体贴孩子，所以孩子们对他也十分爱戴和信赖。有一个在偏僻的城镇上读书的小学生，不小心把学校图书馆里的一本《童年》给弄丢了，他跑了几家书店也没买到，非常着急。于是，他便冒昧地给高尔基写了一封信，希望得到作者的帮助。高尔基接到信后，随即将自己珍藏多年的一本《童年》寄给了这个小学生。

这样的事情发生得多了，孩子们就互相传递着一个"诀窍"：

"有什么困难就去找高尔基爷爷吧，他一定能帮助你解决的。"

高尔基是一位善良和智慧的作家，当然也非常懂得应该如何去帮助这些正在成长中的孩子。有一次，他会见了一个还只有9岁的小诗人，小诗人当着高尔基的面朗诵了自己的诗作，朗诵得非常流畅，也很优美。高尔基听了深为惊奇，心里不禁暗暗赞叹。不过，他当面并没有给这个孩子过多的赞扬，只是轻轻地抚摸着孩子的头发，慈爱地说道："好好学习吧，孩子，不要太累了。要记住，你还是一个小孩子呀！"

给，永远比拿愉快

苏教版小学《语文》课本曾选入一个高尔基和他儿子的小故事。有一年，高尔基在意大利的卡普里岛上休养，他10岁的儿子跟着妈妈来到岛上看望爸爸。儿子在爸爸住的院子里栽种了好些花，不久，就和妈妈一起回家去了。第二年春天，儿子栽种的那些花盛开了。高尔基高兴地写了一封信寄给儿子，报告这个消息。他在信上这样写道：

* 高尔基和他的儿子

　　亲爱的孩子，虽然你已经离开了这里，可是你种下的花留下了。花开得很好。我望着这些花，心里欢欣地想到，我的儿子在离开这里前，给人们留下了最美好的东西——鲜花。

　　如果你这一辈子，随时随地给人们留下的都是美好的东西——鲜花、思想，还有人们对你的美好回忆，那么，你的生活就会变得非常美丽、轻松和快乐。那时你就会觉得，自己是一个为大家所需要、所欢迎的人。这种感觉会使你的心灵变得充实和美好。要知道，"给"永远比"拿"愉快！

　　············

*《高尔基和儿子的通信》中文译本，新疆人民出版社1987年出版，高尔基著，陈学迅译。

这封文字简短的书信后来也成为一篇脍炙人口的励志美文。

让我们记住高尔基的话吧："地球是属于孩子们的，我们会衰老，死去，而他们正像新的火焰一样燃烧着。正是一代代孩子，使生活创造的火焰永远不灭。因此，我说，孩子是永生的。"

阅读书目推荐

《高尔基早期作品选》，〔苏联〕高尔基著，巴金、伊信、戈宝权译，人民文学出版社

《鹰之歌：高尔基散文经典》，〔苏联〕高尔基著，巴金、孟昌等译，上海社会科学院出版社

《高尔基论儿童文学》，〔苏联〕密德魏杰娃编，以群、孟昌译，中国青年出版社

《高尔基和儿子的通信》，〔苏联〕高尔基著，陈学迅译，新疆人民出版社

《高尔基儿童文学作品选》，〔苏联〕高尔基著，高尔基著作编辑委员会编译，中国少年儿童出版社

再来一次童年

童 年 的 微 光

诗人朗费罗说，在他的想象与记忆里，一直站立着这样一个孩子："他从未受过教育，毕业于田野和市井小巷，但他将成为一位艺术大师，或成为一名海军，在思想的海洋里自由游弋。"童话大师林格伦甚至宣称，世界上只有一个孩子能够给她创作的灵感，那就是"童年时代的我自己"。"那个孩子活在我的心灵中，一直活到今天。"她深有感触地对同行们说，为了写出一篇好的作品，"你必须回到你的童年里去，回想你童年时代是什么样子的"。

当代女作家、茅盾文学奖获得者迟子建也这样谈到童年与文学的关系："没有我童年的经历，是不可能有我的写作的。一个作家的童年经验，可以受用一生。童年的经验就像一颗永不泯灭的星星一样，能照亮你未来的写作生活。"

是的，当我们历尽了人世沧桑，熟谙了生命的种种艰辛与磨难之后，当我们叹息日薄西山、星辰消逝、夏日结束的时候，我们总会无限怀念那远去的童年时代。没有谁会拒绝重新体验一次童年生活，没有谁不留恋那无忧无虑的黄金时光。也许，只有回忆起童年来，我们的心里才会充满最透明的诚挚和热爱，只有童

年，才能使我们从一次又一次的失望里得到重生，获得新的希望和梦想。

小学语文课本中可以看到许多以童年为主题的散文名篇，如鲁迅的《少年闰土》、郭枫的《草虫的村落》、桂文亚的《你一定会听见的》、林海音的《冬阳·童年·骆驼队》《窃读记》、瓦·奥谢叶娃的《小伙伴》《蓝色的树叶》、牛汉的《父亲和鸟》，苏霍姆林斯基的《我不是最弱小的》等等。

童年，和自然、故乡、亲情、友谊等等一样，是中外散文作家最喜欢抒写的一个永恒的题材。使我特别感到亲切和温暖的是，有许多描写童年生活的散文，大都是和故乡、田野、谷场、小溪流、小树林等场景分不开的。从这些散文里，我们看到，一代代从山村、田野走出来的孩子，他们所走过的童年的小路，大都是弯曲、幽深，抑或是坎坷不平的，但小路两边的林木和山峦却是葱绿和亮丽的。回忆起风雨中的童年，

★ 鲁迅故里的雕塑《少年鲁迅和他的小伙伴们》

每一位作家心中难免会有一些伤感，那毕竟是人生中最朴素、最纯真的岁月，竹马青梅，风筝秋千；父母堂前，外婆膝下。虽然也有清苦和酸涩，有贫寒人家无可奈何的忧伤与哀愁，但无论多么艰辛的生活，都阻挡不了孩子们心中那些希望与梦想之鸟的飞翔，即使是在最平凡、最寂寞的日子里，他们也都在寻找和期待着布谷鸟的歌声，呼唤和寻找着自己最美丽的春天。那留在童年的长夜里的美好记忆，一旦回忆起来，就像点亮在冬日里一盏盏小小的雪灯一样，闪烁着微光，散发着温暖。

一份真心，两地乡愁

　　我个人十分偏爱这些描写乡村童年生活的散文。它们也往往能够一下子就打动许多读者心中最柔软的地方。中国台湾著名作家林海音（1918—2001）有两篇作品——《窃读记》《冬阳·童年·骆驼队》都被选入小学《语文》课本。我很喜欢林海音的作品。我

《城南旧事》入选中小学生阅读指导书目。《冬阳·童年·骆驼队》即出自此书。

愿意向大家推荐她的两本"必读书"。一本是她的带有明显散文风格的自传体小说名作《城南旧事》，另一本是她的散文选集《两地》。

　　"两地"指的是北京和台湾。北京是林海音长大的地方，她的童年和少年时代是在这个美丽的古都（当时还叫北平）度过的。台湾是林海音的故乡和成年以后的居住地。她多次说，她这一辈子都没离开过这两个地方，她以能和这两个地方结不解之缘为幸、为荣。

　　一颗乡心，两地分飞；一对翅膀，双倍乡愁。她在《两地》的《自序》中这样写道："真希望有一天，喷射机把两个地方连接起来，像台北到台中那样，朝发而午至，那时就不会有心悬两地的苦恼了。"她的这个心愿现在已经变为了现实。故土是温暖的，云路是

* 著名作家、出版家林海音

遥远的，但拆除人为的樊篱，终究是人心所向，众望所归。

《城南旧事》因为改编成了同名电影而家喻户晓。这首先得归功于林海音原作写得朴素真切，委婉动人。古老的北平风貌，浓厚的乡愁与乡情，以及主人公小英子的善良、纯真与早熟……都写得活灵活现。我甚至觉得，这本仅有八九万字的小说（也可以说是散文），对我自己的写作也是产生过深刻影响的。《冬阳·童年·骆驼队》，就是作者为这本小说写的"出版后记"。这篇优美的散文中有几句对话，我一直记忆犹新：

> 夏天来了，再不见骆驼的影子，我又问妈：
> "夏天它们到哪儿去？"
> "谁？"

*《两地》，北京出版社1988年出版，林海音著。　　*《城南旧事》，北京出版社1984年出版，林海音著。

"骆驼呀！"

妈妈回答不上来了，她说：

"总是问，总是问，你这孩子！"

夏天过去，秋天过去，冬天又来了，骆驼队又来了，

但是童年却一去不还……

多么简洁和朴素的文字，又多么有味道！

林海音的女儿夏祖丽女士曾介绍说，《城南旧事》最开始创作于1955年，是由几篇短篇小说连接起来的。《城南旧事》写的几乎就是林海音自己的真实经历，不过也融入了许多艺术因素。小说通过一个儿童的视角观察成人世界，表达作家对世界的看法，结

《城南旧事》插图（关维兴绘）

果是悲伤的、哀婉的，作家自己的童年也就在这样伤感的情绪中结束了。夏祖丽说，她的外公在北京搬了几次家，最后才落脚到"晋江邑馆"（小说里"惠安会馆"的原型就是这个邑馆），因为在那里的都是台湾的老乡。所以，林海音第一次从台北回北京时，首先就回到半个世纪以前的城南，寻找"南柳巷42号"那个家。在那里，她见到了邑馆已故长工老王的女儿王秀贞，王秀贞从床底下把保存几十年的"晋江邑馆"的匾额搬出来，同他们合影留念。

小说里的小英子毕业时，和同学们一起唱李叔同的《送别》："长亭外，古道边，芳草碧连天。晚风拂柳笛声残，夕阳山外山。天之涯，地之角，知交半零落。一壶浊酒尽余欢，今宵别梦寒……"电影《城南旧事》里，自始至终都以《送别》为音乐背景，给人带来无限的回味和惆怅。这种惆怅和委婉的风格，自然也保留在《两地》之中。其中写北平的那一部分，大都是对老北京社会底层的家常生活和淳朴风习、风物的回忆，是一种亲切的"怀旧"。其中写到了换取灯儿（火柴）的老妇，给人缝织阴丹士林布衣服的大姑娘，"富连城"科班里的小演员，虎坊桥的老乞丐，文津街的历史感，文华阁的剪辫子，都是旧时代小人物和他们的生活，还有作家对他们的同情与怀念。

当然还有《窃读记》里，对于小孩子喜欢溜进书店里蹭书看和"窃读"的那种细微的心理描写，是多么准确、传神：

> 我跨进店门，暗喜没人注意。我踮起脚尖，从大人的腋下挤过去。唉，把短发弄乱了，没关系，我总算挤到里边来了。在一排排花花绿绿的书里，我的眼睛急切

英子的心，还是七十二年前的那颗心，把家人和朋友紧紧搂在心上到老不变。

林海音 一九九五年儿童节在台北写的

*林海音手迹

地寻找，却找不到那本书。从头来，再找一遍。啊！它在这里，原来不在昨天的地方了。

急忙打开书，一页，两页，我像一匹饿狼，贪婪地读着。我很快乐，也很惧怕——这种窃读的滋味！

林海音常常向朋友们自夸，从前在北平闭着眼都能走回家，

*《城南旧事》插图（关维兴绘）

尤其是家住在虎坊桥，在这样一条热闹的大街上，每天从早到晚所看见的事事物物，使她常常琢磨的人物和事情可太多了。她说，她的心灵，在那小小的年纪里，便充满了对人世间现实生活的怀疑、同情、感慨、兴趣等情绪。

今 宵 别 梦 寒

儿时的故都，给了林海音最初的现实人生的观察和体验，同时也在林海音的心上留下了剪不断的乡土情结。她说："我写北平，是因为多么想念她，写一写我对那地方的情感，情感发泄在格子稿纸上，苦思的心情就会好些。"

她在那篇《骑小驴儿上西山》里写道：逝去的日子，总是给她对北方无限的怀念。"记得最后一年逛西山是秋天，对满山红叶，有无限山川的离情，知道要走了，要离开依赖了二十多年的第二故乡，心情真是沉重。"

从那最后一年逛西山到现在，一晃已有七十多个秋天了。风依旧凉，叶依旧红，只是那额头上打着刘海儿、短发黑裙的英子，

*《城南旧事》，中国青年出版社 2001 年出版，林海音著，关维兴绘。

已不再是昨天的英子了。她已带着那剪不断的乡愁，去了另一方故土。

英子从来没有忘记西山。不知道美丽的西山，还有那古旧的椿树胡同、帘子胡同、虎坊桥、文津街……是否还记得当年的英子。那是英子半个多世纪以来魂牵梦萦的乡愁哪！

冰心老人写过这样的诗句："童年，是梦中的真，是真中的梦，是回忆时含泪的微笑。"光阴在流逝，水在流动，一代代人的童年也在不断地远去。曾经走过我们生命的一些不同寻常的人，虽然有过意外的相逢，并且立即就很喜欢过他们，无奈，他们总有离我们而去的一天，去到另一个地方，甚至去到另一个世界，比如我们的长辈，比如一些不同寻常的人，他们就像雪人一样，总会融化的。怀旧是必然的。人谁不爱童年，谁能忘却自己的童年？

＊ 林海音和女儿们在一起。

*《林海音文集·英子的乡恋》，浙江文艺出版社 1997年出版，林海音著。

就像黄昏时刻的树影拖得再长也离不开树根，走得再远也不会走出童年的那颗心。

　　夏天过去，秋天过去，冬天又来了，骆驼队又来了，但是童年却一去不还。冬阳底下学骆驼咀嚼的傻事，我也不会再做了。

　　可是，我是多么想念童年住在北京城南的那些景色和人物啊！我对自己说，把它们写下来吧，让实际的童年过去，心灵的童年永存下来。

　　就这样，我写了一本《城南旧事》。

　　我默默地想，慢慢地写。看见冬阳下的骆驼队走过来，听见缓慢悦耳的铃声，童年重临于我的心头。

*《城南旧事：林海音专集》，晨光出版社 2021 年出版，林海音著。

　　青灯有味似儿时。有时候，所谓最好的时光，其实是指一种不再回返的"幸福感"，并非因为它美好无匹从而让我们眷恋不休，而是倒过来，正因为它是永远的失落，我们于是只能用怀念来召唤它，它也因此才变得美好无匹。

阅读书目推荐

《两地》，林海音著，北京出版社

《城南旧事》，林海音著，北京出版社

《城南旧事》，林海音著，关维兴绘，中国青年出版社

《城南旧事：林海音专集》，林海音著，晨光出版社

《林海音文集·英子的乡恋》，林海音著，浙江文艺出版社

《英子的心》，林海音著，人民日报出版社

一切从童年开始

毫无疑问，"童年"，是中外儿童文学的一个永恒的"母题"。有许多真挚、深情和美丽的以童年为题材的散文，不仅为我们"再现"了一个个遥远的童年场景，也使每个人"再来一次童年"的梦想成为了可能。

　　这一堂读写课，我想以苏联儿童文学大师、青少年教育家谢尔盖·米哈尔科夫的散文名著《一切从童年开始》为例，谈论如何阅读和理解散文中的"童年主题"。

人 生 从 童 年 开 始

　　每个人的一生都是从童年开始的。一个人童年时期的阅读与体验，有时直接影响着他日后的处世素质和对生活道路的选择。童年正是播下种子的时候，因此，无论是家长、老师、儿童文学作家，还是其他为孩子们工作的人，都应该千方百计地珍惜和守护好孩

*《一切从童年开始》中文译本，湖南少年儿童出版社1987年出版，谢尔盖·弗拉基米洛维奇·米哈尔科夫著，汪长庚译。

子们的童年时期，让文学和美德的种子在孩子们的心中发芽、生长。

"**儿童，与其说是世界的未来，倒不如说是世界的现在。**"这

记得收藏这句话哟。是谢尔盖·米哈尔科夫的一句名言。他正是从这个美好的愿望出发，写了一本有关儿童素质培养和成长引导的散文集——《一切从童年开始》。

这本散文集是他对儿童性格和精神面貌，对他们的爱国观念、文化素质、待人处世以及对大自然的兴趣、对未来的责任感等方面所做的细微和深入探讨与思考的结果。尤为可贵的是，作家在书中没有板着脸孔进行说教，而是以生动形象的小故事和小例子来说明自己的观点，把孩子看成是有血有肉有感情的、实实在在的个体来尊重，来考察的。

作家本身就是一位著名的心理学者和青少年教育专家，是苏

联教育科学院院士；另一方面，他又是一位富于爱心、善于以情感去感染小读者的优秀儿童文学家。这就保证了他的这本书既富于科学性、知识性，又是优美的文学散文。

童 年 的 书

在《生活中的伴侣：书》这一章里，米哈尔科夫谈到，有一些书，一个人如果不在童年时读到它们，不曾在童年时为它们动过真情，流过眼泪，那么这个人的本性和他整个的精神成长就可能有所欠缺，甚至将是愚昧和不文明的。因为有时候，一本适时的好书，能够决定一个人的命运，或者成为他的指路明星，确定他终生的理想。

他举了自己在 8 岁时所记住的涅克拉索夫的几行诗为例，它们出自《涅克拉索夫选集》："在我们这块低洼的沼泽地方，要不是总有人用网去捕，用绳索去套，各种野兽会比现在多五倍，兔子当然也一样，真让人心伤。"他说，过去了许多年——超过了半个世纪之后，这些诗句仍然没有失去当年迷人的魅力，它们仍然在不断地唤醒他的良知和爱心，像童年时一样。还有，他小时候读过一本美

*《童年与故乡》中文译本，生活·读书·新知三联书店 2003 年出版，奥纳夫·古尔布兰生文图，吴朗西译。这本书是挪威漫画家古尔布兰生用文字和绘画的方式描述自己童年、家庭生活的作品，是"童年"题材中的散文精品。

*《童年与故乡》中文译本，新星出版社 2010 年出版，古尔布兰生著，吴朗西译，丰子恺书。这个译本遵从原版版式，保留了作者古尔布兰生所绘插图，文字部分则由我国著名画家丰子恺先生手书。

丽的诗体小说《马扎依爷爷》，当他自己也成了一名作家后，他仍然要特地去看看当年马扎依爷爷搭救可怜的小兔子的地方。

他举这样的例子，其意在说明，一个人，只有从小热爱、珍惜并尊重自己祖先积累和保存下来的一切东西——譬如好的文学作品——才能成为一个真正的爱国主义者。而面对今天的孩子，他由衷地写道："如若他们除了懂得科学技术和时事政治以外，还会背诗，背很多诗，普希金、莱蒙托夫、涅克拉索夫……以及其他许多俄罗斯伟大诗人的诗，那么他们的内心世界不是会更丰富吗？"

在《我爱我的城市》这一章里，米哈尔科夫以抒情散文的笔

*《文字生涯》中文译本，人民文学出版社1988年出版，萨特著，沈志明译。这是一部剖析内心的人物自传，书中大部分素材来源于作者童年时的经历。

调写道：

> 每当一个孩子行走在熙熙攘攘的街市，他都要把这个城市的习俗、风尚印入自己的记忆之中。啊，还有这些房子！……有的宏伟而庄严；有的小巧而舒适；有的式样古板、门窗紧闭；有的窗口闪烁着柔和宜人的灯光。冬来它们躲进高高的雪堆里打盹儿，夏来它们藏在枝叶繁茂、沙沙作响的绿荫下，显得格外欢快。年复一年，居民们对这座城市的一切都习惯了，城市的精神风貌也逐渐渗入了每个人的心田……

米哈尔科夫的目的是在说明，热爱自己的城市，热爱自己的

*《驼背小人——一九〇〇年前后柏林的童年》中文译本，上海文艺出版社2003年出版，瓦尔特·本雅明著，徐小青译。这位德国作家用散文的书写方式，以一种新奇的视角呈现童年的模样。

*《童年的小路》，上海教育出版社1997年出版，徐鲁著。这同样是一部讲述"童年"的散文精品。

家园，这种纯洁的感情在孩子的心中萌动愈早，就能产生愈大的精神力量。直到有一天，例如，当你漫步在莫斯科的广场或僻静的胡同时，你会感到，你整个的身心都会感到，这是你的城市。"她的存在对你就好像是母亲，是祖国，犹如头上的蓝天和你呼吸的空气一样。"而要做到这一点，米哈尔科夫说道："一切都要从童年做起。"

尊 重 童 心

说到如何尊重童心，如何培养和尊重孩子们的艺术欣赏的趣味，米哈尔科夫举了这样一个小事例：有一次，加里宁剧场演出《汤姆叔叔的小屋》，当台上演到拍卖黑奴时，观众席里鸦雀无声，眼看汤姆叔叔就要被拍卖了，突然，一个小女孩从观众席跑上了台，递上了自己的钱——她满心想救出汤姆叔叔。

米哈尔科夫觉得，此时此刻，剧场的寂静中弥漫着温暖的气息，整个苏维埃国家都支持小姑娘的正义。而假如当时有人跑过去制止小姑娘，提醒她这不过是在演戏，那么，她也许会因为自

己发自内心的激动而感到不好意思，并从此再不能如此真切地感受作家、艺术家告诉她的一切了。米哈尔科夫因此提醒我们说：孩提时期没有任何虚假的忸怩，而是整个身心沉浸在一切美好事物的感受之中。倘使孩子的行为失去了应有的天真烂漫，同时也就使他们失去了孩提时充满幻想色彩的情趣了。

世 上 最 美 丽 的 房 屋

　　以发现儿童、尊重童心为准则，米哈尔科夫在书中还对讲礼貌、尊重亲人、朋友和自己，根除迷信，爱护鸟兽花草，写信，等等细微的而又是少年儿童常常接触的东西，做了形象生动的描述和探讨。

　　在谈到"家"的问题时，米哈尔科夫提醒每一位年轻的父母："家，我们童年的天地，世上最美丽的房屋。"每一个人，都是从"家"开始，走向生活，走入社会，走进大千世界的。在我们成人之后，走上生活大道之时，正是"家"，给了我们很多东西：教我们懂得正义，信仰正义，使我们能分辨善与恶，能够既有主见又善于听取他人的意见，尊敬长者，向榜样学习，等等。如果一个人从小就爱家，感激家，那么，他就有可能是一个爱祖国的人。因为，家，正是祖国的缩影；祖国，则是一个"放大"的家。傍晚时分，结束了一天的工作，回到家里，全家聚在火炉旁的时刻，该是多么幸福而宝贵啊！

　　米哈尔科夫就此也提醒普天下的父母们：家的大门，并未将孩子与周围世界隔绝。家庭愈是和睦亲密，孩子们和周围世界的联系也就愈加牢固。我们应该时刻检查一下自己的所作所为是否符合温暖朴素的家庭的教导。

《一切从童年开始》是一本优美而有趣的散文集。我觉得，这本书值得每一位父母、儿童教育工作者和为儿童写作的人好好地读一读。它是一本指导我们如何塑造孩子们的灵魂的书。

米哈尔科夫在《序言》中还说过这样几句话：在对儿童的教育中，最重要的是不失时机。而世上之所以存在童年，正是为了让长辈怀着爱心，诲人不倦地塑造孩子的性格，时刻关心他们在智力和情操方面的发展，使它们协调一致，而同时，如何认识孩子们的童年，实际上也是如何认识自己的童年……

那么，从这个意义上说，《一切从童年开始》实在也是一本值得所有人都来读一读的书，即使你觉得你已经长大或早已经成熟。这本书，将引导着你重新步入童年的小路，去找到那些曾经失落的梦、失落的歌，去找回已经被你抛掷和丢失了的童年。

阅读书目推荐

《一切从童年开始》，〔苏联〕谢尔盖·弗拉基米洛维奇·米哈尔科夫著，汪长庚译，湖南少年儿童出版社

《童年与故乡》，〔挪威〕奥纳夫·古尔布兰生文图，吴朗西译，生活·读书·新知三联书店

《文字生涯》，〔法国〕萨特著，沈志明译，人民文学出版社

《驼背小人——一九〇〇年前后柏林的童年》，〔德国〕瓦尔特·本雅明著，徐小青译，上海文艺出版社

《童年的小路》，徐鲁著，上海教育出版社

《一个孩子的宴会》，〔法国〕亚纳托尔·法朗士著，叶君健译，中国少年儿童出版社

《童年杂忆》，〔德国〕亨利希·曼著，郑晓方译，中国福利会出版社

再小的钻石也会闪光

*《窗边的小豆豆》早期译本——《窗边的小姑娘》，
湖南少年儿童出版社1983年出版，黑柳彻子著，
朱濂译。封面的小彻子形象出自日本著名画家岩
崎千寻之手。

*《窗边的小豆豆》早期译本——《窗边的阿彻》，
少年儿童出版社1983年出版，黑柳彻子著，陈喜
儒、徐前译。

　　三十多年前的一个秋天，我在赣南旅行时，在赣江边的一个
小镇上，买到了黑柳彻子写的、岩崎千寻插图的那本《窗边的小
姑娘》（朱濂译）。旅途中读完了这本文字浅显而清新、故事讲述
得生动有趣的小书，我深爱着这个心地单纯、善良，好奇心极强
因而也好动贪玩的小姑娘。多年来，在我的书柜里，这本小书一
直和《爱的教育》《一个人怎样去布拉格》《绿山墙的安妮》《小海蒂》
《茜多》等等在我看来属于世界上最好的一些童书摆在一起。它们
不仅是适合小孩子们阅读的优美的散文和成长故事，同时也是写
给全天下的父母亲、教师和教育工作者们的"教育诗"。

　　三十多年过去了，窗边的小豆豆（在《窗边的小姑娘》那个旧译本里，小姑娘的名字译作"冬冬"），别来无恙？现在，我的书柜里除了《窗边的小豆豆》，又有了黑柳彻子写的《小时候就在想的事》《不可思议国的小豆豆》《丢三落四的小豆豆》，以及她的妈妈黑柳朝女士写的《小豆豆与我》等一系列"小豆豆"散文集。那么，这堂读写课，就让我们一起来阅读黑柳彻子的散文。

《窗边的小豆豆》入选中小学生阅读指导书目。

我 是 LD ？

黑柳彻子的散文写的都是一些难忘的童年往事，是小彻子童年记忆里的犄犄角角、花花边边，是成长过程里偶尔闪过的人与事、瞬间尝过的苦和甜，却是一双不同的眼睛在打量，在回望；一颗成熟的心在追忆，在回味。

很多文学作品的创作灵感来源于作家独特的个人体验或人生某个阶段特殊的情感认知。了解这些创作背后的故事有助于读者更好地理解作品。

现在有很多小学一年级的小孩子，上课的时候不肯

*《窗边的小豆豆》原版插图（岩崎千寻绘）

好好地坐在书桌旁，总是到处晃来晃去。即便老师告诉他们"请坐下"，他们也不肯听话，照样晃来晃去。我就是因为这个样子，刚上小学三个月就被退学了。……

她溯流而上，打捞着那些闪光的记忆的沉屑，然后开始说话。没有错，是这样的。这个天生好动的小姑娘，从上学的第一天起，就开始不断地违反课堂纪律。我们不妨跟她一起把那些事再回忆一下：

譬如说，老师正在上课的时候，她会把课桌盖开开关关地弄上上百遍。好不容易被老师制止了，她又会一股脑儿地把笔记本啦，铅笔盒啦，还有课本什么的，统统塞进桌斗里，然后再一样一样地取出来，仿佛在做游戏似的，根本不像在上课。

　　又譬如说吧，大家正在上默写课，教室里安静极了，老师也
正在庆幸：啊，小豆豆的课桌今天总算没有响动了！可是，突然，
她会一下子站起来，而且一直走到临近马路的窗户边，对着窗外
大喊一声："广告宣传员叔叔——"原来，外面正走过一位化了装
的广告宣传员。"来啦！来啦！"她兴奋地冲着全班同学大叫，根
本不在乎这是在上默写课。

　　再譬如说，不是天天都会有广告员叔叔从教室外面经过的，
这时候，她该会安心上课了吧？可是，不，突然间老师和同学就
会听见她在一个劲儿地嚷嚷着：

　　"喂，你在干什么哪？"老师一看，外面并没有人啊？原来，
有只燕子正在教室的屋檐下筑巢，她是在跟燕子搭话哪！……

　　"照这样下去，实在是无法上课啦！"不久，老师就把她的妈

*《不可思议国的小豆豆》中文译本，漓江出版社 2006 年出版，黑柳彻子著，朱春育译。

妈请到了学校，说："所以，很对不起，只好请您把府上的小姐带到别的学校去吧。因为我们实在是拿她没办法啦！请多多原谅。"就这样，她被学校退学了。

黑柳彻子在《小时候就在想的事》这本书中，专门写了一章《我是 LD？》，再次回忆自己小时候的这些举动，以及长大和成名后曾被邀请去参加一个关于 ADHD（即注意力缺失过动症，是一种多发于儿童期的精神失调）的电视节目的感受。因为媒体已经把她和爱迪生、爱因斯坦等名人并列，认为他们都是"LD 孩子"。

所谓 LD，是 Learning Disabilities 的简称，日语中译为"学习障碍"。"LD 孩子"的一大特征是不明白自己为什么总会被老师责备。他们并非智力上有什么问题，相反只是因为好奇心特别强烈，精力一直很旺盛，个性尤其鲜明。而这时候，谁能够对这类孩子进行"适当的、完美的教育"，充分地理解和帮助他们发展自己的个性和才能，谁就是这些孩子成长道路上最伟大的朋友和老师。

所幸的是，小豆豆就遇到了这样一位伟大的朋友和老师。他就是黑柳彻子在前后几本书里一再写到的"巴学园"的小林校长。

小 豆 豆 和 巴 学 园

小豆豆被学校退学后，妈妈四处奔走和寻找，总算把她又送进了一所叫作"巴学园"的有趣的"电车小学"。这里决定了小豆豆个性的健康和充分发展，以及她长大后的道路。巴学园的校长小林宗作是一位善于引导和教育孩子的卓越的教育家。正是因为小林校长机智、巧妙和耐心的引导，好奇而多动的、喜欢坐在窗边看外面风景的小豆豆，终于走上了健康、完美的成长之路。

不是简单地说"不许那样"，而是经常说"小豆豆可真是个好孩子呀"；也从来不说"大家要帮助他们"之类的话，而只是提出"要在一起啊！大家做事要在一起啊"这样的建议……小林校长的教育方法，以及体现着他一生教育理想和美好愿望的巴学园的有趣生活，通过黑柳彻子细腻的回忆和生动的书写，得以保留了下来。小林校长一贯主张，任何类型的孩子，生来都是有良好的素质的，而在各自的成长过程中，这些素质往往会被周围的各种环境，尤其是大人们的种种观念、成见所惯坏，所以应该及早发现和培植这些良好的素质，使其健康成长和成熟，从而把孩子塑造为具有个性的人才。

在巴学园，"校长先生对每个孩子都说了鼓励他增加自信心的话"。黑柳彻子在巴学园自由而幸福地度过了自己的童年时代。她写道："巴学园就是这样一所学校，在那里会感觉自己总是在校长先生的关照之下，是令人心安的学校；对于有趣的事情，校长先生比我们考虑得还要多，是能够让我们开心快乐的学校；是无论孩子们怎样跑来跑去没有片刻安静，却仍然鼓励我们'再多跑跑也没关系'的学校；是每个人都可以爬'自己的树'的学校；午饭后有时间说话，是让不擅长说话的孩子们也能够慢慢变得善于表达的学校；是把礼堂的地板当作一块大黑板，趴在地上用粉笔想画多大的图画都可以的学校。校长先生希望尽量早一点发现孩子们的个性，使孩子个性的嫩芽不至于被周围的环境和大人们毁掉，珍惜而又郑重地来教育孩子们。"

假如我没有进巴学园，也没有遇见小林校长的话，恐怕我的一言一行都会被贴上"怪孩子"甚至是"坏孩子"的标签，小小的心灵里背着自卑和对抗的包袱，在无所适从中长大成人吧？——这是黑柳彻子在她的书中一再强调的。

假如每一个孩子，在童年时代都能遇到小林校长这样的老师，都能生活在巴学园这样的学校；假如每一位老师、家长或儿童教育工作者，都能够像小林校长这样来对待自己的每一个学生和孩子，那么，我们对于未来的期望，将是更大、更美好的。

没有术语，绝不高深。没有伤感，朴素无华。这些散文写出了黑柳彻子那剪不断的童年想念和成长牵挂。"我相信越是小孩子，就越是拥有人类最珍贵、最必要的东西。而且我也知道，随着孩子们慢慢长大，那些东西才渐渐地失落了。"她引用自己非常喜欢的德国儿童文学家凯斯特纳的话说："重要的是，要和自己的儿时保持接触，这种接触尚未遭到破坏，也不会被破坏。一方面我们深知成年人和孩子是同样的人，一方面也为不可思议的事情感到新奇。"

希 望 与 幸 福

黑柳彻子是一个心地善良、真诚和坦率的讲述者，也是一个富有爱心和道义感的、为全世界的儿童在工作和忧虑的人。

除了巴学园的生活，在家庭里她与母亲、外祖父等亲人们的瓜葛和故事；在社会上她与观众、同事和朋友们交往的感受与认识；

以及她长期作为联合国儿童基金会亲善大使所到之处，如科索沃、利比里亚、阿富汗等为战争、贫困和疾病所困扰的灾难之地的所见所感，在这本书里都有细致和感人的书写。

一方面，她用自己的童年故事忠告现在的父母、教师和所有的大人，现代教育和整个社会环境，应当如何理解和发掘每一个孩子的完美天性，让他们从小就能够生活在健康、自信和幸福的阳光之下；另一方面，她也亲眼看到了，地球上还有那么多孩子，一边为自己和家人的命运担忧，一边在艰难和拼命地生存着。这些孩子的愿望，还仅仅停留在能够喝上干净的水，能够吃饱饭，能够打上一支预防针，能够有一册课本，能够坐到教室里……

"真正的幸福是什么？"在这本书的最后，黑柳彻子这样叹息着追问。"当地球上所有的孩子都能够安心地满怀着希望生活的时候"，拥有"能够和家人在一起相视而笑的家庭"，"这就是真正的幸福了"。而所有这些，也是黑柳彻子小时候就在想的事。

小时候就在想的事，长大了还在想。

"我有一个6岁的儿子，圣诞节时，他趁我不注意，在接受圣诞老人礼物的袜子里塞了一封信，信上说：'圣诞老爷爷，请去非洲吧，我什么都不要！'结果，在圣诞节的早晨，我儿子就在袜子中发现了圣诞老人的留言：'谢谢，我这就去一趟非洲。'"

黑柳彻子在担任联合国儿童基金会亲善大使的近40年时间里，几乎走遍了整个非洲、中东和东南亚的广阔大地和近30个国家，深入到了为贫穷、饥饿、疾病和战争所蹂躏的苦难的村庄和难民营的帐篷之中。

上面的这件小事，是在一部记录黑柳彻子在非洲工作情景的电视片《饥饿的非洲》播出后，一位妈妈在写给她的一封信中讲述的一个细节。

> 那个小男孩肯定会在脑海中想象着，圣诞老人去非洲，将大口袋里的各种食物分发给饥饿儿童的情景。或许他还会想象着，干旱的沙漠上喜降大雪，驯鹿奔跑在雪中的情景……

黑柳彻子也在想象着：假如这一切都是真的，那该多好啊！在她的日常生活和工作中，这样的小故事会经常发生。她就像非洲钻石矿山下的河谷中那些手持筛子的采钻者，一点一点地筛落虚浮的尘土，而把那些熠熠闪光的、最宝贵的碎屑淘洗出来。

有时候，她一边记录着这些小故事，一边也很自然地联想到她所看到的那些用小筛子不断地筛着小石头的孩子。

"这么多、这么琐碎的沙子，会不会漏掉钻石啊？"她轻轻地问道。那些孩子回答得多好："不，无论多么小的钻石，都会闪光的……"我们从她的书中看到的，就是这样一些像碎小的钻石般闪光的文字。

在担任联合国儿童基金会亲善大使的岁月里，黑柳彻子目睹过无数人间悲剧——因内战而满目疮痍的街道，因民族仇杀而丢掉性命的人，一望无际的干裂的土地，以及在五六十摄氏度的酷热中或在零下几十摄氏度的严寒里蹲在地上的难民……

有一次，在阿富汗赫拉特一个贫民聚居的村子里，她向那里的人们发放过冬的物品。

* 黑柳彻子在阿富汗与孩子们在一起。

我特意拿出一副儿童手套，想为一个8岁左右的男孩戴上，可是我拉起他的小手时，不禁"啊"地惊叫了一声。我看到这孩子的手背如同大象的皮一样，满是皲裂的小口子，皮肤又厚又硬，根本不像一个8岁孩子的手。他也没穿袜子，我双手捂着他的小手说："真了不起，看你这双手就知道你非常能干，来，戴上手套暖和暖和吧。"我一边说一边为他戴上了手套。手套的大小正合适，我问他："暖和吗？"他羞怯地回答说："很暖和。"他显得非常高兴。

又有一次，在索马里，她问一位正在饥饿和贫穷中苦苦挣扎的妈妈："现在，如果说还有希望的话，你想那会是什么？"这位妈妈思考了片刻，回答说："如果能够从这里出去，而且能有一点零用钱的话，我就去市场给孩子们买些吃的来。"

听了这位母亲的这个微不足道的希望之后，她说："这是一个令人伤感的希望，是一个那些只顾争权夺利的人所听不到的希望。"她在多篇散文里写到了自己的妈妈，写到了那种怡怡的、暖暖的亲情。

"我的妈妈从来不训斥孩子，她有话就会这样说：'妈妈即使有想说十遍的话也只说一遍，所以你一定要仔细听妈妈说过的每一句话。'因此，孩子们听到妈妈的批评时都会想，坏了，妈妈原来是忍着没有说十遍，于是都会乖乖地承认自己的错误。"

没有好妈妈，哪来的好儿女！有一首小诗，她最喜爱，也从没忘记："草原的光辉，花儿的荣光，往昔一去不复返，然而又何足叹息，其深藏的力量，我定会寻出华兹华斯。"

从黑柳彻子的成长和人生经历中，我们每个人或许都能找到自己的影子。当然，还有那颗永远怀着感恩的心。如何去爱这个世界？如何去尊重和关怀那些弱小的、卑微的生命？如何去建立自己对于世界和人生的信念？如何去发现那些小小的真理，比如，再小的钻石也会闪光……黑柳彻子都曾告诉过我们。

阅读书目推荐

《窗边的小姑娘》，〔日本〕黑柳彻子著，朱灥译，湖南少年儿童出版社

《窗边的小豆豆》，〔日本〕黑柳彻子著，赵玉皎译，南海出版公司

《小时候就在想的事》，〔日本〕黑柳彻子著，赵玉皎译，南海出版公司

《不可思议国的小豆豆》，〔日本〕黑柳彻子著，朱春育译，漓江出版社

《小豆豆与我》，〔日本〕黑柳朝著，张晓玲译，南海出版公司

通往心灵花园的小径

这堂散文读写课，我们来阅读两位女作家的散文：秦文君的《一只八音盒》和桂文亚的"思想猫"系列。

一

前不久，我在阅读一本外国作家传记时，看到了一个涉及作家创作现象的名词"writers block"。陆谷孙先生主编的《英汉大词典》里收入了这一词条，解释曰：使作家不能进行写作的"作家心理阻滞"。这个名词让我有点欣悦，似乎为自己某些阶段的写作不顺畅找到了一种依据。原来我是遭遇了"作家心理阻滞"。

我也从不少同辈作家的创作轨迹和一些作品中，依稀看到过这种"心理阻滞"，甚至从这些可爱的同行们的语句步态上，大致可以看出，他们是否已经疲倦、懈怠或失去当年的锐气了。可是，这么多年来——从我还是"文学少年"时，第一次读到

秦文君的作品，直到今天，认识她已经四十年了——我却从来没有在她的作品里看到这种心理阻滞，以及疲倦和懈怠。

作品辐射所有青春期儿童的秦文君，其代表作《男生贾里全传》入选中小学生阅读指导书目。《剃头大师》入选小学语文课本。

文学，几乎就是她的宿命，她的信仰，她始终的理想。四十余年的写作生涯，她仿佛是在心无旁骛地独自穿越一片没有尽头的旷野。她既是旷野本身，同时又是旅人和骆驼。就像女诗人狄金森笔下那朵不屈的雏菊，她的文心只向着那些漫游四方、决不放弃的蜜蜂绽放。她用自己四十多年孜孜不倦的写作，以及献给孩子们的五十多部作品，证实了一条在任何作家那里都应该永远有效的"强劲原则"，那就是：一个作家只有怀着持续的、强健的生命热情和火热的耐心，才有可能进入壮丽的写作胜境。同时，秦文君也用自己辛勤的劳作，证实了另一条在任何作家那里也同样应该永远有效的"职业原则"：劳动者对于他的职业的爱，才是最紧要的东西。不论我们所做的是什么，重要的是能够带着一种热烈的感情去做。

二

　　《一只八音盒》这本散文集，是秦文君诸多作品集中比较独特的一本。相对她的小说而言，这一篇篇别出心裁的散文，或许更像一条条秘密的、时有分岔或相互交叉的小径，但终点都可通向她明亮的心灵花园。我们从中也可隐约寻绎出作家的童年、成长、青春、亲情、写作、思想的深深浅浅和曲曲折折的轨迹。

　　她写下了童年时代、青春岁月里的雨丝风片。那是如冰心老人诗中所说的，"是梦中的真，是真中的梦，是回忆时含泪的微笑"。作者把一些琐碎的往事写得恬静、温馨、亲切、朴素，使一些原本只属于私人生活中的小小的欢乐与悲伤，通过自己心灵的泉水的润泽，而超越了狭隘的个人色彩，变成了一种能够引起所有人共鸣的

《一只八音盒》，少年儿童出版社 2011 年出版，秦文君著。

文学作品的主题，变成了一种具有永恒和普遍意味的精神忆念。这是"爱的回忆"，同时也传达出了那个时代的人情怡怡和笑语朗朗。

《雨点音乐会》里热爱生活的木先生，《海的那边》和《红书包》里慈祥、细心的爸爸，《对对的爷爷》里严厉的爷爷，《旅伴》里善良而细心的女孩，《天真》里的阿幻……还有众多儿时的、青春期的同龄伙伴，在作者笔下栩栩如生，呼之欲出。"同学少年多不贱"，我从这些带着那个时代单纯和质朴烙印的人物身上，也看到了自己过去生活的影子，听到了从那些贫穷和寂寞的岁月里吹来的风声。

她在《履历》这篇散文里写到，自己喜欢收藏一些小小的旧物件，"每年，我都理一遍抽屉，想着要精简掉一些。可每次，都是不由自主地把它们放得更妥帖，生怕找不回那些旧物中浓缩的故事"。在《过去的美味》里，她写道："那些过去的记忆仍是很独特的，单纯深切的回忆里加上点酸楚凄凉，就成了有分量的感情，一想，就成了百感交集。"

记忆与感受也许是丝丝缕缕和零零碎碎的，但是，作家在回望和反思自己的人生经历，尤其是一些使她长大和成熟的秘密的同时，也重新发现了自己，重新品味和整理了自己的人生经验与得失。这些经验与得失，对于作家来说，也许是极其自然或不经意间获得和完成的，但对读者来说，却是一种珍贵的启示和借鉴。

三

秦文君是一位优秀的小说家，小说家写起散文来，和散文家、诗人、学者写散文，真的是不一样。散文家擅长描写，诗人善于抒情，学者习惯于思辨，而小说家则以讲述故事见长。于是我们看到，在这本散文集的几乎每一篇文字里，她都在用她一贯清丽的语言讲述着故事。既不故作高深，也不刻意去追求散文的形式与语言的华美，而是以本色示人，删繁就简，洗尽铅华，若采采流水，清澈明亮，不浊不野，娓娓而谈。

　　她这些叙事性的散文，就是作为"散文体小说"来看，也十分优美。其实，一个故事，一个人物，哪怕一件小事，只要叙述得体，描写得当，所谓观点、思想和意趣，也就在其中了，何须特别去强调？秦文君写散文，是深得此中三昧的。我注意到，她的许多篇章里，在讲述完了属于"过去式"的一个故事或一件小事后，往往再只用一两个简单的句子，作为"现在式"的结束，决不再写多余的话。而往往就是这一两个句子，给读者带来了信、达、雅的阅读美感。这不能不说是作家的高妙之处。

这个写作技巧你注意到了吗？

　　对秦文君这样的作家来说，只要有纸和笔放在面前，她的幸福时刻就会来临。阅读秦文君的散文，尤其是仔细读过她在《一个人的奇遇》那一辑里，谈到自己与文学写作的某些因果联系的故事之后，我感到，这个人，真是"生来就是作家"。那些点点滴滴的故事，那些匆匆际遇的人物，那些不确定的思想，或许用别的方式她都难以安妥，也难以理清，唯有通过书写可以做到。她用不停地书写，完成了自己清醒的思考和清澈的人生。很难设想，她如果不属于文学写作，还能属于什么呢？就像许多爱书人，假如没有书，他们的生命将会存放在哪里？

四

与秦文君一样，中国台湾儿童文学作家、旅行家**桂文亚**那些回忆和描写童年与少年时代的作品，也总是散发着四月春草一样清新与朗润的气息。近些年来，她又创作了许多以成年人的目光来看待自然山川风物和人情冷暖的文字。这些文章依然清新和清丽，却又多了一些八月丹桂般的芳馨与幽香。

桂文亚的《你一定会听见的》《红马》等作品入选小学语文课本。

时光过得真快，从我第一次读到她的作品算起，转眼也已有三十多年的光阴了。人与书俱老，这是很自然的事情，无须伤感

和叹惋。难得的是,桂文亚一直保持着一颗不老的童心和赤子之心。林格伦所说的童年时代的"那个孩子",那个十分好奇和好玩的小姑娘,一直还生活在她的心灵里,从来也没有远去。

在涉足儿童文学之前,桂文亚有过十六年的成人文学写作实践和"文学准备期"。她是怀着对儿童文学的无限热爱和敬重,怀着清醒的写作良知,在她个人的人生、艺术趣味和文字运用能力都臻于成熟的时候,进入到儿童文学领域的。在她这里,儿童文学写作和她成年后的人生,是无法分开来看的。她的生活似乎就是她的作品的继续。她说过:"一个写作者,在创作的途程中,也同时解读了自己对人生的困顿与疑惑。……透过具体文字的呈现,个人的生命历程、经验、价值取向和审美情怀才得以完成。"她是把儿童文学当作自己的终身大事来善待的。

理想的儿童文学，一定会具有这样一些美质：真善美的襟怀，丰富和美好的想象力，充分的道义感，健康向上的人格魅力，对于古典美和现代美的高度敏感与吸纳，清澈明朗和优美而精准的文字书写，等等。桂文亚的作品里，正是处处闪耀着这样的文学之美。她用一颗温润的心感知和守护着世间万物，用一双美丽的眼睛寻觅和打量着这个世界，又用纯净和清澈的文字浇灌着她的文学花园。她的每一本书，就是一个真、善、美的小世界。无论是她的小说、故事、散文，还是游记，都充满了温暖和光明。她说过，儿童文学决不能像成人文学那样一吐为快和无所顾忌，因此，她在自己的作品里总是"过滤苦涩，给儿童以希望、信心和快乐"。

五

"思想猫"系列集合了桂文亚创作的儿童小说、散文、游记等体裁的精品。其中《二郎桥那个野丫头》和《直到永远》里，充盈着童年时代的恣肆、烂漫与单纯，融贯着人性的温馨与亲切；在《你一定会听见的》这本散文集里，她从一朵小小的蒲公英，从野

*《糖果人来了》，少年儿童出版社 2011 年出版，桂文亚著。

生的红花草里，看到了大地上生生不息的永恒的春天；由晨光中自己投下的长长的影子，从点点滴滴的亲情忆念里，体味和发现着生命如何安恬和诗意地栖居在大地上的秘密。她把自己的尊敬更多地献给了那些"每天静下心来做三十分钟的沉思默想"的人，甚至是那些"孤独者"。

她赞美这种孤独美："喜爱孤独的人不惹是生非。他的脑袋里有个向前滚动的轮子，他自由地陶醉在想象的轮轴里，想象使他满足；当然，他也曾浸润在回忆之乡，昔日种种悲喜交集的时光，像展翅的青鸟，渐行渐远，隐没在高高的云端；他也会思索书本里的智慧言语，从中一再得到启发和信心。"

可以说，桂文亚的全部儿童文学创作，都是在致力于"美的发现"。她这样坚信："尽管有人夸张地宣布，这个世界已陷入空前的混

* 《长着翅膀游英国》，浙江文艺出版社 2011 年出版，桂文亚著。这是一本游记题材的散文集。

乱，举目所及找不到一块干净的地方，但事实上，仍旧有许多永恒性的美质是值得追求，也永远不受时空的限制而存在的。"在她看来，这些"美质"，包括了自然、宁静、和平、自由、知识、真理、爱和美等等。我们从她的书中，看到了她对这些"美质"的探索与追求。

　　每个人在大地上只过一生。世界那么大，我们该去寻找什么？生命那么短暂，我们怎样才能牢牢地抓住它，设法使它延长一些和丰富一些？桂文亚告诉我们，就从寻找"美"开始吧！世界未必十分美好，但"美"却一定少不了；热爱生命，就让我们从自己的心灵出发，在善与爱、道德与正义的旅程上通往世界，接近大地，然后进入文学和艺术。在她看来，"这个世界美不美，完全是用你的心去建造的"。而善，即是大美，舍此，美将无从说起；只有当你安静下来了，世界才安静下来。我们从《美丽眼睛看世界》这本游记散文里会看到，她是用自己的眼睛和心灵，去发现和感知着那些被忽略的自然之美和一些被践踏、被慢待的人性与尊严的。

对于美，桂文亚有着自己的严格标准。在她看来，世界美不美，"完全是用你的心去建造的"，"崇尚美的人，这时候拥抱的是一个长着翅膀的天使；偏离美的人，就会一头栽在一个长满角的魔鬼掌心中"。因此，她主张：美的基础首在自然，而自然，又首先要求人真诚、坦然、实在，不虚伪，不造作。"发自内心的自然就是美"。对美敏感的人，对丑恶也绝不会无动于衷。面对毛皮市集上一排还附着小脑袋的狐狸皮，这位美的寻求者也会义愤填膺，为那些沉默和无辜的生命发出这样的抗议："人类红胡子，当刀尖戳穿动物国老百姓柔软的心脏，真的连一点感觉都没有吗？"

六

桂文亚的文学旅程是寻求美、发现美和拥抱美的旅程。大地上的万物之美，使她变得坚实、博大和辽阔；屹立于霄壤之间的一种"大地道德"，招引她走向最后的崇高，走向至美与至善。这不知疲倦的行走和寻找，也许使她失去了许多俗念意义上的安定与逸乐，然而，正是在那激情充沛的寻求、观察、洞悉、发现的精神遨游和心灵之旅中，她获得了一次次伟大的梦寻与向善的体验，也完成了一首首自由独立的生命诗篇。也只有这时候，她才比许多人都要幸福地领略到大地、天空、黎明、黄昏的无限生机及其丰富的抒情性，并且以一位诗人和理想家的胸怀，拥纳了人间万象之外的美。

她曾用泰戈尔的诗句，表达过她在漫游世界的旅途中所获得的真切感受和信仰："总有一天，在那另一个世界的旭光里，我将对你歌唱：从前我曾见过你，在那地球的光中，在那人类的爱里。"她说，"我们住在世界里，开始享受它给予我们的生命。"我相信，谁能够走遍世界，谁才有可能拥有世界，并且深深地去热爱这个世界，包括它全部的艰辛与悲苦。

阅读书目推荐

《一只八音盒》，秦文君著，少年儿童出版社

《儿童文学读写之旅》，秦文君著，少年儿童出版社

《糖果人来了》，桂文亚著，少年儿童出版社

《你一定会听见的》，桂文亚著，浙江少年儿童出版社

《美丽眼睛看世界》，桂文亚著，浙江少年儿童出版社

《二郎桥那个野丫头》，桂文亚著，浙江少年儿童出版社

《直到永远》，桂文亚著，浙江少年儿童出版社

《长着翅膀游英国》，桂文亚著，浙江文艺出版社

『会思想的芦苇』

＊ 诗人、散文家赵丽宏（夏葆元油画绘作）

　　赵丽宏先生是我喜爱的当代散文家之一。**他的创作成果颇丰，作品集单行本已超过百部。**我所收藏的他的各种作品集，包括他历年来惠赐的签名本，也已有数十本，在书柜里有长长的一排了。他的散文在少年儿童读者中有无数的"粉丝"。那么，这一堂散文读写课，我们就来欣赏赵丽宏的作品。

据不完全统计，赵丽宏入选大、中、小学语文课本的作品数量，仅次于鲁迅先生。你能说出自己读过他的哪些作品吗？

写 作 是 为 了 让 母 亲 看 的

　　让我们先从几位外国作家说起。不知道是否有人注意过，2003 年度诺贝尔文学奖获得者、南非作家库切在颁奖晚宴上的简短致辞中，自始至终所谈论的，都是他的母亲。"我的母亲要是活着的话，该是 99 岁半了，"他说，"……不管怎么说，我们在通往诺贝尔奖的途中所做的一切努力，若不是为了母亲，又是为了谁呢？"他想象着，如果他把获奖的消息告诉母亲："妈妈，妈妈，我得了个奖！"母亲一定会这样说："太棒了，亲爱的，现在你该把胡萝卜吃完，不然它们就凉了。"库切接着说道："然而，遗憾的是，在我们拿着奖跑回家，得以对我们的顽皮淘气有所补偿之前，为什么我们的母亲都已经年逾 99 岁，甚至早已长眠于地下了呢？"

　　库切的致辞，使我想到法国小说家 J.B. 彭塔力斯的一句名言："写作是为了让母亲看的。"他认为，无论是加缪、啊，文学家的浪漫！普鲁斯特，还是乔治·佩雷克或鲍里斯·施莱贝等，他们的写作都是为了"让母亲看的"。他们各自在取得成就之后往往都会这样想：啊，要是我的母亲能看到就好了！以加缪为例，加缪的母亲一贫如洗，不认识字，而且失聪，无法阅读儿子的任何作品，但这并不妨碍母子之间的爱。加缪把自己对母亲深深的爱写在了自传小说《第一个人》里，这本书的扉页上有一行沉痛的献词："献给永远不可能阅读这本书的你。"彭塔力斯分析说："加缪之所以成为作家，就是为了他的母亲。他想让不认识任何字母、听不见任何声音的母亲看到和听到她无法支配的词语，并且永远做她深情的儿子。"

还有普鲁斯特，他也是一位从小就受到具有艺术家气质的母亲无微不至的呵护和关怀的作家。母亲是他生命和灵魂中巨大的存在。少年时代，当有人问他"对不幸的想法是什么"时，他回答说："将我和母亲分开。"直到成年后，乃至终其一生，他都没有走出母亲的佑护。有人说，他那劳蛛结网般的呕心沥血之作《追忆似水年华》，从头至尾都可视为他写给母亲的依恋之书、倾诉之书。他对于失去的时间的全部体验和寻找，也就是他全身心地浸淫于母亲的温情和甜蜜滋味的过程。

赵丽宏写过一篇篇幅不长的散文《母亲和书》。我觉得这是他最为动人的散文作品之一。这篇散文是这样开头的："又出了一本新书。第一本要送的，当然是我的母亲。在这个世界上，最关注我的，是她老人家。"——这个细节一瞬间就先感动了我。

我不知道有多少作家会在自己每本新书出版之后，首先想到的是送给自己的母亲。如果是，那他就不仅是一个值得我们期待的好作家，而且还是一个值得敬佩的好儿子。我想，如果我的母亲还活在世上，我至少会从现在开始，也像赵丽宏一样，把自己出版的每一本新书首先送给母亲。那样我会觉得，我该是世界上最幸福的一个作家了。遗憾的是，正如库切所言，当我终于意识到这一点的时候，我的母亲早已长眠于地下了！——然而，赵丽宏在自己的文章里接着回忆说，在漫长的成长过程和读书、写作生涯中，已经成为了作家的他，似乎并不能确定自己的母亲是否喜欢读他写的那些书。因为母亲的职业是医生，而且她也从来不在儿子面前议论文学，从不轻易地夸耀儿子的成功。"和母亲在一起，谈论的话题很广，却从不涉及文学，从不谈我的书。我怕谈这话题会使母亲尴尬，她也许会无话可说。"也因此，当他那套四卷本自选集出版后，他想，这套书字数多，字号小，母亲也许不会去读的，便没有想到送给她。可是——

> 一次我去看母亲，她告诉我，前几天，她去书店了。我问她去干什么，母亲笑着说："我想买一套《赵丽宏自选集》。"我一愣，问道："你买这书干什么？"母亲回答："读啊。"看我不相信的脸色，母亲又淡淡地说："我读过你写的每一本书。"说着，她走到房间角落里，那里有一个被帘子遮着的暗道。母亲拉开帘子，里面是一个书橱。"你看，你写的书，一本也不少，都在这里。"我过去一看，不禁吃了一惊，书橱里，我这二十年中出版的几十本书都在那里，按出版的年份整整齐齐地排列着，一本也不少，有几本，还精心包着书皮。其中的好几本书，我自己也找不到了。我想，这大概是全世界收藏我的著作最完整的地方。

毫无疑问，能够拥有这样一位母亲，他应该就是这个世界上最幸福的作家了。任何一位作家所能拥有的任何荣誉、财富与地位，和拥有这样的母亲与母爱相比，又算得了什么呢！罗曼·罗兰在小

说《母与子》里说过一句话："**母爱是一种巨大的火焰。**"没有错，

收藏这句话，母爱的
另一种比喻！ 正是在这样温暖和伟大的火焰照耀下，我们看到一代代优秀的作家诞生，而这些作家最终也将以自己的母亲为荣，把自己视为母亲的生命和人格精神的双重儿子。

赵丽宏的这篇散文，不仅让我们领略到人间那种静水流深的母爱亲情，也再一次证明了彭塔力斯所说的，"写作是为了让母亲看的"这个说法的合理性。而我之所以要原文照抄上面这个段落，还有一层意思，就是想让更多的读者见识一下赵丽宏气象万千的散文风格中似乎不被人注意的那一种：朴素的语言，简洁的叙事，没有任何修饰，几乎全用白描，却同样具有撼动人心的力量。

作 家 、 读 者 和 见 证 者

想起来，已经很遥远了。是啊，是那样的遥远了。我第一次读赵丽宏的散文，第一次看赵丽宏的书，竟然是三十多年前的事情了。

我的书柜里有一本百花文艺出版社 1984 年版的小开本散文集《诗魂》。这是赵丽宏早期出版的一册作品集，也是我最早读到的赵

※《诗魂》，百花文艺出版社 1984 年出版，赵丽宏著。

丽宏的两本书之一（另一本是他的第一本诗集《珊瑚》）。这本散文集是一位文学前辈赠送给我的。他也许并不是一个多么出色的文学鉴赏者，却是一个真诚和细致的好读者，因为当时我从这册小书里，看到了他写在书眉和空白处的许多感想和眉批。现在，为了写一写我对赵丽宏散文的一些阅读感想，我又找出了这册三十多年前曾经给我留下美好记忆的小书。那些零星的"眉批"文字，现在看来也许并不怎么新鲜和深刻，然而在三十多年前我刚刚从文学道路上起步的时候，它们却提醒着和引导着我，很认真地、不止一遍地阅读和思考过这本美丽的《诗魂》，帮助我认识了同时代一位重要的散文作家。现在，我且把书中的那些"眉批"选录一些在这里，与今天的读者，也与这本书的作者赵丽宏先生一起分享——

散文和诗歌，有着密切的联系。对于诗歌的欣赏，是进入文学的总纽。而抒写散文，或许是创作实践的起步。此作者是位青年朋友，读其散文，知其颇为熟谙中外诗人。他从诗的角度进入文学家们的精神世界，在书写形制上又接近散文诗。诗歌散文，首先贵在情真，唯情真，才能动人；唯动人，才具有美学价值。动人即引起共鸣，心有灵犀一点通，信然。

——这段文字写在《诗魂·自序》之后。

赵丽宏出版此书时刚过30岁，正是一位"青年朋友"。

此文好。人生坎坷，能实现理想者几希。生活中有无形的羁绊，桎梏着理想。哦，我的理想，你到哪里去了！

——这是写在《路遇》一文边上的文字。

《路遇》是赵丽宏早期散文中的名篇，写的是作者在十年动乱结束之后，偶然在街头遇见一位昔日的同学，一下子却没能认出来的一次经历。短短的篇幅里，刻画出了十年动乱给他们这一代人所带来的青春创伤和精神摧残，文字里充满了沉痛和反思的力量。在我的记忆里，这篇散文在20世纪80年代的大学生中产生过广泛的影响。我自己对这篇散文也有着深刻的印象。我后来也写过一篇类似题材的散文《班长的故事》，可以说是对赵丽宏先生此文的"致敬"之篇什了。

对于任何作家，首先是读其作品，而不必受那些评论家的文章所左右。应该自作主张，自放眼光，切勿人云亦云。我个人对杜甫、李白同样崇仰，对其作品同样热爱。穷而后工，盖亦历尽人间沧桑，然后才升华为诗也。

现实与理想的矛盾产生了诗；现实的叛逆者才能完成诗人的使命。

《将进酒》是我最为欣赏的作品，实际上也是李白的代表作。不过李白毕竟天真狂放。他的自说自话，一是情真，二是阔大，故可爱也。

——这些文字是写在《哦，李太白》《我和杜甫》两篇的天头地脚的。这是一个认真的读者对他所喜爱的作家的认同和呼应。

我旅行在祖国的大地上，那是多么的美好。人情如流水，缓缓地流过我的心房。啊，我多么希望有朝一日，在这辽阔的大地上，到处都是我的家乡，我可以无忧无虑地在任何地方徜徉……

——这是写在《炊烟》边上的一段话。可以想见，这篇《炊烟》，是怎样唤起了一个读者对祖国大地和对生活的热爱之情。

* 赵丽宏手迹

除了前面提到的写李杜的那两篇，《诗魂》里还有多篇文章写到了一些历史人物和历史陈迹。这些散文同样在一个读者的心中激起了层层涟漪。

　　我登望江楼，访薛涛井，于泪泪锦江之畔，想见其风采。此所以文章能留名于世者乎？
　　——这是对《竹风》一文中关于成都望江楼和"薛涛井"那几节文字的回应。

　　接叶巢莺，平波卷絮，断桥斜日归船。能几番游，看花又是明年。更凄然万绿西泠，一抹荒烟。此即宋人于亡国之后游西湖之感。自然风物之感应人多矣。然物之感人，首先在于人的环境所引起的和其主观精神的综合，而且往往情随时迁，并非固定不易。此文不仅有真挚沉郁的感情，描写自然风物亦精准传神。

——这是写在《西湖秋思》文末的一段评语。

吾乡也有一处"陈婆渡"，传说是羊精所幻。人每渡至中流，辄被啖。后被镇，遂消失。可见渡口亦多风险。人生渡口类此者多矣。

——这是对《渡》一文的点评。

余青年时代所崇仰的外国诗人有普希金、拜伦、雪莱、莱蒙托夫及惠特曼诸家，令人痛心的是，他们的诗集均在"文革"中被烧毁或散失。文化浩劫，流水无情，殊可惧惕！

此文也是对"破四旧"的忏悔。任何革命都会毁及无辜，所谓鱼龙混杂、泥沙俱下者也。而以"文革"的疯狂为甚。

——这两段文字，是对《诗魂》和《她在人间》两篇里写到的，上海街心花园里一尊普希金铜像以及作者书橱上一尊雪白的维纳斯塑像，在"破四旧"的风暴中被粗暴地推倒和毁坏的事件的呼应。从这里我们可以看到，作为经历过"红卫兵"时代、从"文革"风暴中走过来的那代人中的一员，赵丽宏是较早地在自己作品里开始怀疑、审视、追问、反思和忏悔这场浩劫的作家之一。要知道，收入《诗魂》里的许多散文，在创作和发表之初，中国大地还正处在思想解放的前夜，天边虽然隐隐滚动着真理的巨雷之声，但许多人的心灵还沉睡在乍暖还寒的阴冷日子里。

一本在"雨夹雪"的季节里热切地呼唤春天的书，有如书中写到的"炭火，燃烧在雪地里"；一个极其真诚和细心的读者，对书中的每一篇文字都用心读过，并给予了回应。而我，只是一个后来的见证者而已。我在想，一个作家，一本书，能有魅力赢得如此真诚和细心的读者来阅读、思索和回应，无论对作家还是对阅读者而言，都是一件幸福的事情。

爱 乐 人

如果说，中国新时期以来的散文创作，是一支内容繁复、音

*《赵丽宏散文（全二册）》，作家出版社 2005 年出版，赵丽宏著。

色瑰丽的抒情套曲，那么，赵丽宏就是其中一个出色的男中音。他的音域宽广而浑厚，每一类题材的散文，在他那里都是一个独特的声部。

谈论赵丽宏的散文，我相信每个人都能找到各自不同、互不重复的话题，并且脱口列举出许多耳熟能详的散文名篇。至少在我的记忆和印象里，一提到"赵丽宏"这个名字，我马上就会想到诸如《小鸟，你飞向何方》《青鸟》《诗魂》《炭火，燃烧在雪地里……》《温暖的烛光》《日晷之影》等散文名篇；想到湖畔（在他的书中，"湖"字是用另一个不太常见的字代替的，即"氿"，读作"轨"，亦读作"九"，一般用作湖名或泉水名）、芦苇、荒滩、鸥声、旷野、合欢树等来自他故乡崇明岛的自然风物；想到他的《自新大陆》《莫扎特的造访》《大师的背影》等一系列音乐散文。

*《少年时代的秘密》，福建少年儿童出版社2012年
出版，赵丽宏著。

　　他是当代中国作家里少有的几位真正的爱乐人之一。他用丰富、绚烂的散文语言解释和描绘不同风格的音乐，抒写他对音乐和音乐家，尤其是西方古典音乐的理解、热爱和陶醉，出版过《闻乐札记》等多本音乐散文集。他对古典音乐的理解和热爱程度，我觉得已非"发烧友"这样简单的称谓所能涵盖。在我的心目中，他和他的朋友、另一位散文家和爱乐人肖复兴一起，堪称音乐散文写作领域里的"双子座"。他们南北互动，并驾齐驱，在文学和音乐之间打开一条美丽的通道，形成了一股"爱乐"和"普乐"的力量。

　　据说，门德尔松有过这样的观点：一首我喜爱的乐曲是不能用文字来说明的，这不是因为音乐太不具体，而是因为它太具体；德彪西也有类似的表达：音乐只为聆听而存在。言下之意是，任何文字的解说对于音乐来说都显得多余。然而，在阅读了赵丽宏大量的音乐散文之后，我对门德尔松和德彪西的说法产生了怀疑。我觉得，对于许多像我这样不懂音乐，尤其对于古典音乐不得其门而入的读者来说，他的那些"绘声"散文——无论是探寻音乐家创作灵感、激情的秘密和命运根源，还是描绘西方音乐名曲意境和艺术风格——都是最好、最生动的"音乐启蒙"。他以心灵和思想的方式进入对音乐和音乐家的理解。而要创作这样的散文，如果没有著名爱乐人辛丰年先生所说的那种美好和高尚的"普乐"理想，没有歌德所说的那种高贵的、"高到非知解力所可追攀"的爱乐精神，则是不可能完成的。我相信，关于赵丽宏的音乐散文，会有一些既懂文学，又懂音乐的艺术评论家来做专题研究的。这些音乐散文将不唯是散文写作史上的奇葩，也可能是音乐评论领域里最美丽的果实之一。

思 想 史 上 的 失 踪 者

　　像许多同龄人一样，赵丽宏最好的一段青春年华，并没有留在他童年和少年时代所生活过的大上海，而是在他的故乡崇明岛

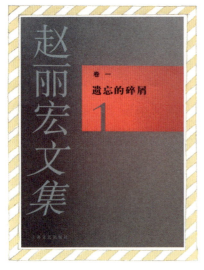

*《赵丽宏文集卷一·遗忘的碎屑》，上海文艺出版社 2010 年出版，赵丽宏著。

　　那片"岁月的荒滩"上。在那里，在那片布满野风鸥声的大地上，他开始用自己的双手去证明"劳动创造世界"的真理；他开始用自己青春的身躯，去经受来自大自然和他们那一代人命运暴风雨的吹袭和洗礼。饥饿、劳累、艰苦、孤独、郁闷……大凡孟子所言的"苦其心志，劳其筋骨，饿其体肤"之类的人生课程，崇明岛一堂课也没有给他落下。更重要的是，就在那片荒滩旷野上，在那漫漫的、寒冷的长夜里，在一盏简陋、微弱的油灯下，他开始寻找着和呼唤着普希金、别林斯基、雪莱、雨果、罗曼·罗兰，甚至德沃夏克。

　　"我把灯芯挑得长长的，灯火，毕剥毕剥跳动着，成了一只兴奋的眼睛……在它的微光里，我尽情地驰骋着自己的情感和想象，我的目光透过那些破旧的书页，飞出我的草屋，看得无比遥远……"是的，这就是朱学勤先生曾经贴出"寻人启事"，所要寻找的那些

"思想史上的失踪者"中的一个了。在那样的年代里，他们都散落在这样简陋、孤独、处在风雨飘摇中的知青小屋里，隐藏在那些只有天上的流云和漂泊的飞鸟为伴的边疆塞外、偏僻山乡和孤岛荒滩上。一册《岛人笔记》，一册《在岁月的荒滩上》，就是赵丽宏艰苦、孤独、迷茫的青春岁月的见证。而正是从这种孤独、迷茫的日子里，我们也看到了他这一代人思想的萌芽，以及痛苦的怀疑、追问、反思、忏悔、觉醒，和更加艰辛的寻找的开始。直到 1995 年，赵丽宏写出了诸如《遗忘的碎屑》这样沉重的、多角度反思过去的长篇散文之后，这种追问、反思和忏悔，仍然没有结束。我想，这可能将是赵丽宏他们这代作家身上永远无法卸下的，最沉重也最具道德和精神力量的束缚。

歌 唱 芦 苇 的 诗 人

在我的记忆里，赵丽宏有一首写狂风中的芦苇的诗，在我多年前迷恋诗歌的那个年代，曾给过我极大的震撼，有一阵子我一直视他为"歌唱芦苇的诗人"。但此刻我一下子没能找到这首诗的

* 油画《三月》（列维坦绘）

《日暮之影》获得了首届冰心散文奖。原文。不过，他在散文里也多次写到过芦苇。《日暮之影》是赵丽宏的又一篇散文力作，此篇中有几节文字是献给芦苇的挽歌和颂歌：

> 在一场暴风雨中，我目睹了芦苇被摧毁的过程。也是风，此时完全是另外一副面容，温和文雅不知去向，取而代之的是疯狂和粗暴，撕裂的绿叶在狂风中飞旋，折断的苇秆在泥泞中颤抖……这是一场实力悬殊的战争，是强大的入侵者对无助弱者的蹂躏和屠杀。

而当暴风雨过去之后，世界重新恢复了平静，狂风摇身变为微风的时候——

> 芦苇无语。倒伏在地的苇秆上，伸出尚存的绿叶，
> 微风吹动它们，它们变成了手掌，无力地摇动着，仿佛
> 在表示抗议，又像是为了拒绝。

在赵丽宏的笔下，芦苇是一种信仰、意志和力量的化身，也似乎是一代人命运的象征。它们也许是脆弱无助的，但是它们有自己的抗争与拒绝，有自己默默吹奏出的歌声。它们以奇迹般的再生证明着生命的坚忍和顽强。它们是帕斯卡尔式的"会思想的芦苇"。这就是芦苇的风骨。

假如有必要给一些散文家的作品选择一个具体的形象作为识别的标志，那么，我觉得可以选择"芦苇"作为赵丽宏散文的"代言形象"。赵丽宏的散文正像一株株、一丛丛生长在大地和狂风之中，有着自己风骨的"会思想的芦苇"。

阅读书目推荐

《赵丽宏散文（全二册）》，赵丽宏著，作家出版社

《赵丽宏文集卷一·遗忘的碎屑》，赵丽宏著，上海文艺出版社

《赵丽宏文集卷二·记忆和遐想》，赵丽宏著，上海文艺出版社

《少年时代的秘密》，赵丽宏著，福建少年儿童出版社

《为你打开一扇门》，赵丽宏著，福建少年儿童出版社

《望月：赵丽宏专集》，赵丽宏著，晨光出版社

书信体散文

一

　　古今中外有许多情理并茂、文采斐然的书信，已经成为脍炙
人口的散文经典。优美的书信体散文，也是散文常见的一种形式。
例如苏轼的《东坡尺牍》，鲁迅、景宋（许广平）的《两地书》，
郭沫若的《樱花书简》，冰心的《三寄小读者》，巴金、杨苡的
《雪泥集》，傅雷的《傅雷家书》，朱光潜的《谈美书简》，徐志
摩的《爱眉小札》；外国的如孟德斯鸠的《波斯人信札》，凡·高
的《凡·高书信集》，里尔克的《给一个青年诗人的十封信》，
高尔基、罗曼·罗兰、茨威格的《三人书简》，贝多芬的《贝多
芬书信》，海明威的《海明威家书》……都是文笔优美的书信体
散文。

　　书信体散文，往往因为写信人真实、坦率的性情表露，而使
得文字更具感染力。比如我们阅读《两地书》时，也许会自然地
想到鲁迅先生在《题〈芥子园画谱三集〉赠许广平》那首诗中所
表达的深挚感情："十年携手共艰危，以沫相濡亦可哀；聊借画图
怡倦眼，此中甘苦两心知。"反过来，这几句诗也会自然而然地回
荡在我们心头，促使我们翻开《两地书》，去更为详尽地了解和体
察他们两人相濡以沫、互相鼓励、共赴艰辛人生之路的心迹故事。

＊《谈美书简》，上海文艺出版社 1980 年出版，朱光潜著。

＊《给一个青年诗人的十封信》中文译本，生活·读书·新知三联书店 1994 年出版，里尔克著，冯至译。这本德语诗人的书信体散文诗典范，经过著名翻译家冯至之手，呈现在广大中国读者眼前。

*《贝多芬书信选》中文译本，辽宁教育出版社 2001 年出版，贝多芬著，孟广钧译。

于是，我们也分不清何为散文，何为书信，而只是深深地迷恋它们，爱读它们。究其根由，它们的动人迫人之处，乃在朴素的文字所表达出的真切情志之中。

二

　　中国古代文人的书信，大都具有简约的文字之美，有点像现在的"微博"，却又极其富有生活情趣，读来真是令人佩服得五体投地。

　　例如，五代十国时吴越国的国君，他的夫人回娘家住了些时日，国君想她回来，就捎去一封短信，只有九个字："**陌上花开，可缓缓归矣。**"意思是说：田野垄头，花都开了，你也该慢慢收拾一下回来了吧？写得真好！放进现代人的手机短信里，也是逸品。一时记不起这个国君的名字了，但这封短信却让人过目难忘。

小清新语录的出处在这里哟！

　　《东坡尺牍》里有一则《与毛维瞻》，其中写道："岁行尽矣，风雨凄然，纸窗竹屋，灯火青荧，时于此间，得少佳趣。"区区二十四个字，却把孤寂中的心境写得活灵活现。老学者钟叔河先生特意用白话文把这篇小文"翻译"了一遍，也颇得佳趣：

　　　　年将尽时，天气越来越冷，加上刮风下雨，蛰居在
　　　家里，即使没有什么不顺心的事，也不免会无端地觉得
　　　凄凉。只有到夜深人静时，在糊着纸的窗户下面，点上

一盏油灯，让那青荧的灯光照亮摊开的书卷，随意读几行自己喜爱的文字，心情才会开朗起来，慢慢便觉得寂居的生活也自有它的趣味。惭愧的是无人与共，只能由我独享了。

如此意趣，在晚明文人莫秋水的一封《与友人书》里，也表达得简约而雅致："仆平生无深好，每见竹树临流，小窗掩映，便欲卜居其下。"

还有一封致友人的短简，只六个字："蕙何多英也，谢。"意思是说：送来的蕙兰，开得又多又美，真是太感谢了！这实在比现代短信还要简约。

大书法家王羲之留在《全晋文》里的《杂帖》有五卷之多，其中有许多漂亮的短书信。有一封上说："不审复何似永日，多少看未，九日当采菊不？至日欲共行也。但不知当晴不耳。"意思是说：近来还好吧？不知你是怎样消磨漫长的时日的？初九那天还会去采菊花吗？到时候我很想和你一同去，只是不知道天是否作美？

此中的情致，与另一位大书法家颜真卿的《寒食帖》堪为双璧："天气殊未佳，汝定成行否？寒食只数日间，得且住，为佳耳。"用白话文说就是：天气不太好呢，你一定要走吗？再过几天就是寒食节了，不如再住几天，好吗？这封短简不仅文美，书写的字也是传世之绝品。

东晋诗人陶渊明，为人为文，意气怡然。读他的书信，却也时见人情练达、文字简约之美。义熙元年秋天（公元405年），他离开九江（古名柴桑）到彭泽去当县令。期间他从彭泽派回一名男仆，帮助在老家的儿子料理砍柴挑水之类的杂务，同时给儿子写了一封简短的家书："汝旦夕之费，自给为难。今遣此力，助汝薪水之劳。此亦人子也，可善遇之。"这里的"力"，即指这名可干些砍柴挑水等"薪水之劳"的力气活儿的仆人。令人感动的是，这位大诗人兼县令在顾怜自己儿子的同时，还不忘叮嘱儿子，要想到这名仆人"亦人子也"，也是人生父母养的，因此应"善遇之"，即好好对待人家。

如此善良宽达的心胸，如此情理并茂而又简约的文字，恐怕是许多现代人难以企及的。遥想古人，能不羞惭?

现在流行写"微博"，有的纸媒也喜欢刊发"微博"，真希望微博写手们至少能从古人的"短信"中学一点书信文字的简约之美和情趣之美。

三

现在，我们以《傅雷家书》为例，来谈谈书信体散文之美。

*《傅雷家书》，生活·读书·新知三联书店 1981 年出版，傅雷著，傅敏编。

　　傅雷先生（1908—1966）是我国现代著名的翻译家、艺术评论家和散文家。一部《**傅雷家书**》（傅敏编），向亿万读者袒露了这位大翻译家热爱人生、忠于艺术和苦心教子的一腔深情。有人称这部家书是"一座洁白的纪念碑"。翻译家已经远去了，却留下了一颗纪念碑式的、蓄满了大爱的心！文学家楼适夷先生认为这部家书还是一部最好的艺术学徒的修养读物，是一部充满着父爱，苦心孤诣和呕心沥血教子的诗篇。

《傅雷家书》中的节选篇目入选小学语文课本。

　　阅读这部书信集，先要了解一下傅雷先生教子的方式。傅雷先生的朋友、翻译家杨绛先生在为《傅译传记五种》一书所作的代序中曾写到，自己亲眼见过的傅雷先生严于教子的情景：

　　　　在他的孩子面前，他是个不折不扣的严父。阿聪、

阿敏那时候还是一对小顽童，只想赖在客厅里听大人说话。大人说的话，也许孩子不宜听，因为他们的理解不同，傅雷严格禁止他们旁听。有一次，客厅里谈得热闹，阵阵笑声，傅雷自己也正笑得高兴。忽然他灵机一动，蹑足走到通往楼梯的门旁，把门一开，只见门后哥哥弟弟背着脸并坐在门槛后面的台阶上，正缩着脖子笑呢。傅雷一声呵斥，两个孩子在噔噔咚咚一阵凌乱的脚步声里逃跑上楼。梅馥（傅雷夫人）忙也赶了上去。在傅雷前，她是抢先去责骂儿子；在儿子前，她却是挡了爸爸的盛怒，自己温言告诫。

傅雷先生很早就发现了自己孩子幼小的身心中，有成为音乐工作者的素质，所以他和夫人亲自担当起了对孩子实施音乐教育的责任。即使在日军侵占上海时期，他仍然把孩子关在家中，反对他们游玩于街头。

正如他自己于己、于人、于工作、于生活的各方面都要求严肃、认真、一丝不苟一样，他对幼小的孩子的要求也一丝不苟。他亲自编制教材，每天给孩子们订下课程和练习项目，并且一一地以身作则，督促执行。孩子们是乖觉的，他们在父亲的面前总是小心翼翼，不敢有所任性。他每天和孩子们同桌进餐。他提醒孩子们要坐得端正，手肘靠在桌边的姿势不要妨碍他人，咀嚼饭菜时不要发出没有礼貌的声音。傅聪小时候不爱吃青菜，专拣肉食，又不听父亲的警告，傅雷先生便常常罚他只吃白饭，不许吃菜。

当时，楼适夷是傅雷家的常客，有一次他带了傅聪到豫园去玩，给他买了一支较好的儿童钢笔，不料一回家就被傅雷发现并没收了。他说，小孩子学习写字期间只能使用铅笔和毛笔，怎么能用那么好的钢笔。

在父亲严厉而周到的管束下，傅聪的天资得到了发挥。他按照父亲的规定，每天上午下午，几小时几小时地练习弹琴，从来不敢懈怠。有时弹着弹着，弹出了神，心头不知来了什么灵感，忽然离开琴谱，奏出自己的调子来了。这时，当父亲的从琴声中觉出异样，便从楼梯上轻轻下来。傅聪见父亲下楼来了，吓得赶忙又回到琴谱上去。不过这时傅雷却微笑着叫孩子重新把刚才弹的曲子再弹一遍。他认真地听着，并用空白五线谱纸把孩子弹的曲调记录下来，告诉孩子，这是一曲很好的创作，还特地给它起了题目：《春天》。

四

　　傅雷先生悉心培育自己的孩子，总是以严谨负责的精神和呕心沥血的心力，希望孩子有朝一日成为对社会、对祖国，乃至对整个人类有用的人。当傅聪、傅敏兄弟渐渐长大，能够懂得和理解更多的道理后，他的要求也随之宽泛和提高。他开始从爱国思想、人生态度、艺术修养等方面进行要求。他希望孩子们没成为"某某家"以前，先要学会做人，要德艺俱备，否则那种"某某家"无论如何高明也不会对人类有多大贡献。

　　不懈的雕琢和培育，终使孩子成为大器之材。后来傅聪不负父亲的一片苦心，成为誉满海内外的钢琴家。他曾在给父母亲的一封信中写道："我一天比一天体会到小时候爸爸说的'做人第一，做艺术家第二'……我在艺术上的成绩、缺点，和我做人的成绩、缺点是分不开的。"

　　在傅聪后来异国求学的漂泊生活中，傅雷先生给他寄去的常常是上万言的书信，傅聪从中汲取了多么丰富的精神养料——既得到了学业上、艺术素养上的指导，又获得了精神上的温暖和力量。通过这一封封情深意切的家书，青年傅聪的心也牢牢地与祖国联系在了一起。在以后家庭和个人声誉都蒙受了不白之冤的岁月里，

*《傅雷书简》，生活·读书·新知三联书店2001年出版，傅雷著。

他仍然能够忍受着痛苦，相信自己的祖国，向往祖国的大地山河。这当然与傅雷自孩子幼年起就不断对他们进行的爱国主义教育密不可分。我们从他写给傅聪的信中，常常可以见到这样的叮嘱：

> 亲爱的孩子……你一天天地在进步，在发展。这两年来你对人生和艺术的理解又跨了一大步，我愈来愈爱你了，除了因为你是我们身上的血肉所化出来的而爱你以外，还因为你有如此焕发的才华而爱你……你得千万爱护自己，爱护我们所珍视的艺术品！遇到任何一件出入重大的事，你得想到我们——连你自己在内——对艺术的爱！不是说你应当时时刻刻想到自己了不起，而是说你应当从客观的角度重视自己：你的将来对中国音乐的前途有那么重大的

关系，你每走一步，无形中都对整个民族艺术的发展有影
响，所以你更应当随时随地要准备牺牲目前的感情，为了
更大的感情——对艺术对祖国的感情……

　　傅聪的弟弟傅敏后来也曾回忆说：父亲在他的晚年，很后悔
在我们幼年时代过于严厉，后悔没有给我们一个欢乐的童年。他
有些做法比较苛刻，甚至不近人情，但这与他的身世有关。他少
年时代的经历对他的身心摧残很严重，也形成了他对我们严厉的
教态。记得我们小时候一年里最高兴的一天是儿童节那天，因为
只有那天他才带我们出去玩。但父亲的风范，大到为人治学，小
到走路的姿势，我们从小都一点一滴地看在眼里，不知不觉地学

着去做。其实这正是家教最深刻的体现。后来我做了教师，这其中是有父亲的影响的。教书是很好的职业，我可以潜心耕耘我的土地。而且我成年之后，也深刻地理解了父亲因材施教的良苦用心。

五

读《傅雷家书》，我们还可以看到傅雷先生对孩子在严格与严厉之外的另一面——他的一颗疼爱孩子的慈父之心。

当傅聪赴波兰留学之后，他在信中写道：

> 想到 1953 年正月的事，我良心上的责备简直消释不了。孩子，我虐待了你，我永远对不起你，我永远赎不了这种罪过！这些念头整整一天没离开过我的头脑……

在写了这封信的次日晚上，他又写道：

昨夜一上床，又把你的童年温了一遍。可怜的孩子，怎么你的童年跟我的那么相似呢？我也知道你从小受的挫折对于你今日的成就并非没有帮助，但我做爸爸的总是犯了很多很重大的错误。……孩子！孩子！我要怎样地拥抱你才能表示我的悔恨与热爱呢！

读着这样一位优秀的父亲的心声，我不由得想到学者刘再复先生在一篇散文诗中对傅雷的赞美："纯真得像孩子，虔诚得像教徒，比象牙还缺少杂质。……征服人的心灵的，是心灵本身。"

阅读书目推荐

《两地书》，鲁迅、景宋著，人民文学出版社

《傅雷家书》，傅雷著，生活·读书·新知三联书店

《傅雷家书（增补本）》，傅雷著，生活·读书·新知三联书店

《谈美书简》，朱光潜著，上海文艺出版社

《给青年的十二封信》，朱光潜著，人民文学出版社

《凡·高自传——凡·高书信选》，〔美国〕欧文·斯通、吉恩·斯通编，澹泊等译，湖南文艺出版社

《给一个青年诗人的十封信》，〔奥地利〕里尔克著，冯至译，生活·读书·新知三联书店

《贝多芬书信选》，〔德国〕贝多芬著，孟广钧译，辽宁教育出版社

《写给寻找幸福的孩子》，柯岩著，上海人民美术出版社

大作家的小经典

小 的 是 美 好 的

从 20 世纪初迄今一百多年来，谁不曾熟读过鲁迅先生的《朝花夕拾》？谁没有背诵过脍炙人口的《从百草园到三味书屋》和散发着蚕豆花、稻花般清香的《社戏》？谁不曾做过冰心先生的"小读者"？谁的心灵，没有被她笔下那盏闪烁着橘红色光芒的小橘灯温暖过、照耀过？谁的情感，不曾接受过《寄小读者》那涓涓春水的润泽？

如果把中国现代文学史上那些光芒璀璨的"小经典"——那曾经使一代代小读者甘之如饴和耳熟能详的名篇杰作一一开列出来，将是一份多么丰盈、美丽和迷人的文学书单：叶圣陶的《稻草人》，张天翼的《大林和小林》《宝葫芦的秘密》，老舍的《小坡的生日》，许地山的《落花生》，丰子恺的《忆儿时》，朱自清的《背影》，萧红的《呼兰河传》，周作人的《故乡的野菜》《乌篷船》，废名的《竹林的故事》，茅盾的《大鼻子的故事》，凌叔华的《小哥儿俩》，王统照的《小红灯笼的梦》，严文井的《小溪流的歌》……

小经典，大光芒。这里提到的很多作品都是语文课本中的精读或背诵篇目哟！

说这样一些作品是"小经典"，其中的"小"有两层意思。一是这些作品的作者，都是中国现代文学史上"大师"级的文学家，而这些作品，却往往是他们文学年表里的一些"小作品"，是一棵棵参天巨树上绽放出的小花朵，是文学巨人们献给幼小者的珍贵礼物，是真正的"大家小书"。另一层意思就是，这些作品大都篇幅不长，有的只有几万字，不是皇皇巨著，而是形制短小的"小创作"，因此，在众多的现代文学巨著中可谓"小经典"。

据说，欧洲人有个说法，叫作"Small is beautiful"，即"小的是美好的"。经济学家 E.F. 舒马赫有本谈人类发展问题的畅销书，书名就叫《小的是美好的》。当然，对于任何文学名著来说，简单的"大"和"小"，并不能成为评价它们的标准，应该说，大的和小的作品都可能是美好的。我在这里只是想借用"小的是美好的"这个说法，来表达我对这些小经典的敬仰、喜爱与欣赏。

这一部部题材不同、风格各异的文学小经典，构成了一个色彩缤纷、悲欢离合的小世界，一代代小读者在其中阅读、生活、呼吸和成长。这些作品不唯是一代代人的童年和少年时代难忘的阅读记忆，也许还是小读者们成年之后仍然念念难忘、常读常新的必读篇目。

所谓经典

　　卡尔维诺有一个人尽皆知的说法："所谓经典，就是那些你经常听人家说'我正在重读……'而不是'我正在读……'的书。"
这句话也很经典呀！　那么，这些小经典的每一篇、每一部，也都有资格成为"我正在重读"的书。

　　它们的品质和魅力，它们的伟大和不朽之处，至少表现在以下几个方面：

　　一是它们几乎都是文学大师们的精心之作和"唯一"的作品，套用现代文学家施蛰存先生的一个说法，就是可以全部列为"一人一书"的不二之选。这些作家们也许在他们的"大作品"里能够找出两三部或多部可以相互代替，但是像这样的"小经典"，却往往只有唯一的一部。它们几乎是从诞生那天起，就被打上了"杰出"或"不朽"的标识。

　　二是正因为这些作品都是文学大师们的精心佳构之作，所以，它们也足可成为现代白话语言在纯正、优美、规范诸方面的典范之作。事实上，这些作家和这些小经典，的确也是一代代中小学语文教科书的首选对象和必备选篇。

　　三是更为重要的一点，即入选的这些作家和这些作品，虽然因为年代、地域、文化背景以及作家性格气质、个人知识谱系不同，导致每一部作品在题材、体裁、感情基调、思想深度、语言风格等方面各有千秋，然而，仔细阅读这些作品却不难让人感到，这些作品在努力传达各自的"时代精神"，在努力赢得当时那一代小读者的同时，也都具有强大和鲜活的生命力和超越力，能够超越各自的时代、地域和创作背景，把一些属于全人类的、真善美的、永恒的东西，保留在作品里。这其中最可称道的，就是一种可使任何时代的读者都能感知的，伟大、朴素和温暖的"儿童精神"，或曰"童话精神"。这种"儿童精神"，包括单纯、天真、自然的童年趣味，仁慈、宽容、温柔的舐犊般的母爱情感，对于每一个弱小的生命个体的充分尊重、理解与呵护，幽默、快乐和恣肆的游戏趣味，与花鸟虫鱼为邻的爱自然之心，等等。我们看到，无论是鲁迅先生的《朝花夕拾》，冰心的《寄小读者》，还是朱自清的《背影》，这种伟大的"儿童精神"，都在这每一本、每一篇小经典里闪耀和流淌。它们是美丽的星光，也是清亮的溪流；是薪火承传，也是血脉绵延。

不单单是儿童文学作品，在我看来，几乎所有优秀的文学作品，都具有一种伟大的精神和美好的理想，那就是：要给世界送来爱心、温暖和力量，要给人间带来美好和幸福。虽然令人遗憾的是，任何一位作家或一部作品，几乎都不可能从根本上去改变这个世界，也无力让所有的人都过上幸福的日子，甚至连在童话里也办不到。但是，我相信，一代代作家，仍然在怀抱着这种伟大的精神，朝着这个美好的理想去写作；一代代读者，也总在幻想和期待着，能从优秀的作品中发现和找到一种幸福的生活，领略到一种崇高和美好的人生。这不仅是文学的伟大魅力所在，也是文学阅读的恒久魅力所在。

繁星和春水

冰心（1900—1999）是我国现代著名作家、诗人、儿童文学家。她一生热爱孩子，作品里总是充满着温柔的母爱。她有一句名言：从事儿童文学创作的人，"必须拥有一颗热爱儿童的心，一颗慈母的心"。

冰心先生对中国儿童文学，乃至整个华语世界的儿童文学领域都有着不可磨灭的贡献。以她的名字命名的"冰心奖"是国内四大儿童文学奖项之一。

著名文学家巴金生前曾经这样题词："思想不老的人永远年轻，冰心大姐就是这样的人，她写了将近一个世纪，今天还紧紧握着手中那支笔。好几代的孩子读她的诗文懂得爱世界，爱大海，爱星星。听她的话，年轻人讲'真话'，写'真话'，为祖国、为人民奉献赤诚的心。作为读者，我敬爱她；作为朋友，我为她感到自豪。"

1923年，年轻的诗人冰心从燕京大学毕业后到美国留学。这

时候，她就开始把自己在旅途和异国的见闻，写成一篇篇美丽的书信寄回国内，发表出来给祖国的小朋友们看。她把它们总称为《寄小读者》。这一年她23岁。

《寄小读者》包含了她写给孩子们的29篇通讯。她在1927年写的《寄小读者四版自序》里说过："这书中的对象，是我挚爱恩慈的母亲。我提笔的时候，总有她的颦眉或笑脸涌现在我的眼前……"对母亲的敬爱，使她的笔端涓涓流淌着暖暖的春水，朗照着融融的春光。

"小朋友，冰心应许你在这一春中，再报告你们些幼稚的欢乐，天真的眼泪，虽然她也怕在生命花刺渐渐握满之后，欢笑不成，眼泪不落……小朋友，记取，春天来了！"一部《寄小读者》，不但叙写了冰心在异国他乡的旅途见闻，更是抒发了她深挚的故国之思、缱绻的亲情眷恋、澄澈的童年回忆，以及关于大自然、春天的梦幻和热爱之情。

在后来近 60 年的岁月里，她又不断地和小朋友们通信，续写了《再寄小读者》《三寄小读者》。尤其是她在新时期之初，为孩子们献上的《三寄小读者》，给共和国新一代少年儿童带来了全新的欢乐和情趣、知识和信念。这些书信体散文承接了她在半个多世纪前所写的《寄小读者》的亲切、清丽和细腻的风格，而在思想感情上又注入了更多的热诚和理想色彩。

"我将永远和你们在一起，努力好好学习，天天向上！"这位永葆童心的世纪老人，通过《三寄小读者》表达了自己对新一代少年儿童的关爱与期望。

这些散文也充分体现了她一贯的爱心和对于未来、对于正在成长的一代新人的责任感。这些书信体散文娓娓而谈，亲切平和，往往以小见大，通过一些日常小事，从不同角度表现了新时期孩子们幸福美好的生活，同时也用美好的文字实践了自己一再寄语儿童文学作家们的忠告：

从事儿童文学，"必须拥有一颗热爱儿童的心，一颗慈母的心"。

"儿童文学，应该给世界爱与美。"

"为儿童创作，就要和孩子交往，要热爱他们，尊重他们。"

多少年过去了，冰心和她的作品一起，成为一代又一代小读者"心灵上的朋友"。现在，文坛上的许多老作家、老科学家、老艺术家和名教授，都是她当年的"小读者"。有一年，他们结伴去给 90 岁的冰心奶奶祝寿，签名的时候，他们不约而同都写上了

* 冰心老人和孩子们在一起。

"当年的小读者"。

　　许多小朋友都读过冰心奶奶的散文名篇《小橘灯》。她满怀深情地向我们讲述了发生在 1945 年春节前夕的一个动人的小故事：一个在困难和黑暗的岁月里勇敢、乐观，对生活充满信心和希望的小女孩的故事。那盏在黑夜的山城里闪着朦胧的橘红色光芒的小橘灯，使我们永远感到"眼前有无限光明"。小橘灯明亮的灯光也一直闪烁在冰心的心中，使她在晚年也仿佛永远都和美丽、善良、纯真的孩子们在一起。

冰心对孩子的爱，不仅流淌在《三寄小读者》这样温暖、绵密和细腻的文字里，也体现在她的日常生活之中。这里就有一个小例子：1989 年，云南省 9 岁的佤族小女孩张可，到北京参加全国少年儿童绘画大选赛决赛。她以当场画的国画《妈妈快来呀》得到评委们的一致赞赏而荣获优秀奖。消息传开，文艺界许多著名的艺术前辈都为佤族出了一位这么好的小画家而高兴。老诗人艾青、作家冯牧等都亲切地会见了小张可。特别难得的是，已经遵照医生的吩咐而在门上挂了"谢绝会客"牌子的 90 岁的冰心奶奶，也很想看看张可。

小张可听到冰心奶奶的要求，高兴极了！她在小学课本上读过**冰心奶奶的《腊八粥》，还读过《小橘灯》《寄小读者》等。**当

经典教材篇目，值得仔细品读。

她激动地走进冰心奶奶的书房，看着那摆得密密麻麻而又整整齐齐的图书时，她觉得好像走进了一个神奇的童话世界。

这时候，冰心奶奶微笑着把小张可拉到自己身边，抚摸着她的小手问这问那，好像一对早就熟悉的老朋友一样。奶奶还告诉小张可，她早年在昆明生活过一段日子，她住的螺峰街与今天张可的家很近。她们应该是老邻居了。

小张可仰着小脸看着奶奶慈祥的面容，听着奶奶那娓娓的回忆，她感到冰心奶奶的手是那么温柔。她把小脸凑过去，轻轻地、甜甜蜜蜜地亲了亲冰心奶奶的脸。冰心奶奶高兴地笑着对小张可的爸爸妈妈说："孩子还小，应该让她自由发展，不要过分施加压力，要给她玩耍的时间……"

这时，张可拿出一幅自己画的国画《雏鸡图》送给冰心奶奶。

*《小桔灯》，人民文学出版社1978年出版，冰心著。

　　她的心愿是祝愿奶奶永远像童年的时候一样快乐、不老。画上的九只毛茸茸的小鸡雏仿佛正在向奶奶问好，祝奶奶长寿……冰心奶奶夸奖小张可说："画得真好，真美！"说着便把小张可拉到身边，笑着照了张合影。

　　照完相，冰心奶奶挥笔为小张可写道："张可小朋友，愿你像一朵野花一样，在阳光下自由地生长！"写完，她问小张可："野花……懂得奶奶的意思吗？"张可使劲地点了点头。为感谢冰心奶奶，小张可又深情地背诵了自己不知已读过多少遍的《腊八粥》。冰心奶奶微笑着看着小张可一张一合的小嘴巴，仿佛又回到了自己的童年时代……

　　除了小张可外，冰心奶奶还有一位亲密的小朋友，那是写过《夏天的素描》等许多小说和诗歌作品的少年作家韩晓征。冰心奶奶曾亲自为她改过作文。晓征在北京二中念书的时候，一到星期天就跑到冰心奶奶家去，告诉她一个个好消息："奶奶，我又写完了一篇新的小说，我读给您听听……"每当这时候，冰心奶奶总是一边听着晓征的朗读，一边微笑着点头，说："后生可畏，后生可畏……"

在冰心奶奶 90 岁生日那天，韩晓征满头大汗地从学校跑来为奶奶祝寿。她带来一个布制的小礼物——一个身穿红兜兜的小顽童骑在一个硕大的绿冬瓜上。晓征调皮地在一张小卡片上写道："冰心奶奶，您猜猜，是冬瓜大显得孩子小呢，还是孩子太小显得冬瓜大呢？"冰心老人看着这件奇特的小礼物，笑得合不拢嘴。她说，这是所有的小读者对她的问候和祝贺。

繁星永照，春水长流。冰心和她的作品里所散发出来的爱与美的光辉、诗与真的魅力，照耀着，温暖着，也引领着后来的一代代中国儿童文学作家，尤其是女作家们。可以说，在那些春水奔腾过的地方，如今到处是鲜花的洪流。

风格即人

　　朱自清（1898—1948），原名自华，号秋实，后改名为自清，字佩弦。他原籍浙江绍兴，生于江苏东海，是我国现代著名的散文家、诗人、学者和民主战士。**今天的中小学生，也许都能够背诵出他的几篇脍炙人口的抒情美文。**

朱自清有多篇散文作品曾入选不同时期的中小学语文课本，如《匆匆》《春》《背影》《荷塘月色》《威尼斯》《绿》等等。

　　现代著名文学家、教育家，朱自清生前的好友叶圣陶先生，在谈及朱自清的生平和散文创作时，曾这样评价："每回重读佩弦兄的散文，我就会想起倾听他的闲谈的乐趣，古今中外，海阔天空，不故作高深而情趣盎然。……能表达得恰如其分，或淡或浓，味道极正而且醇厚。只有早期的几篇，如《桨声灯影里的秦淮河》《温州的踪迹》，不免有点着意为文，并非不好，略嫌文胜于质。稍后的《背影》《给亡妇》就做到了文质并茂，全凭真感受、真性情取胜。到了后期，如《飞》，套一句老话，可以说达到'炉火纯青'的境界了。如果让他多活若干年，多留下几十篇上百篇作品，该多好啊！……正是经验、技巧和精力都丰富并且互相配合起作用的时期，佩弦兄却匆匆地走完了人生的历程，过早地离开了人间，并且正当国家起着天翻地覆的变化的时刻！"

* 我国现代散文家、学者朱自清先生

　　这段评语，不仅道明了一代散文大家朱自清散文创作上的脉络和特点，也写出了这位散文家令人感叹的生命故事：他是在新中国即将诞生的前夕，在黎明到来之前，国民党反动派对国统区人民压迫最重、民不聊生的那段最黑暗的日子里匆匆离去的。但是，作为中国现代史上最有风骨的知识分子之一，作为一位像诗人闻一多一样伟大的民主斗士，朱自清先生"宁愿饿死也不吃美国救济粮"的铮铮气节，却与史同在，与天地同辉！那是他用自己的生命和气节，在中国现代文学史上写下的一篇最伟大的"正气歌"。

　　朱自清一生都富于童心和爱心，他喜欢孩子。他说过，他向来有种习惯，"见了有趣的小孩，总想和他亲热，做好同伴；若不

能亲热，便随时亲近亲近也好"。他在一篇散文里记述过这样一件小事：他在一所高等小学里，曾认识一位留着乌黑头发的小男孩。孩子可爱极了，像依人的小鸟一般。当朱自清牵起他的小手问他话时，他只静静地微仰着头，小声回答。朱自清几次邀请孩子到自己家里玩，他却总不肯。后来两年不见，朱自清才得知孩子已经去世，这意外的噩耗使他万分痛惜，他写道："我不能忘记他！我牵过他的小手，又摸过他的圆下巴。……我用我的眼睛看他——一回，两回，十回，几十回！"

还有一个孩子，也使朱自清常常记起，并且写在自己的散文里。那是某年暑假，朱自清先生从温州去上海，在车上，他看见一个外国小男孩。那白皮肤的孩子不过十来岁的样子，戴着平顶硬草帽，白中透红的小脸，眼睛上有着金黄的长睫毛，显出一种秀美。作家怀着爱心，久久地看着这个美丽的小孩。但他没有想到，临到下车时，小孩竟突然走近作家，将脸伸到作家面前，两只蓝眼睛大大地睁着，好看的睫毛已经看不见了，秀美的小脸竟变得凶恶极了。他的眼睛好像在说："咄！黄种人！你——你看吧！你配看我！"然后胜利般地下了车。

这个小白种人的举动，使作家内心受到了极大的触动——既为自己的祖国长期以来被人瞧不起，更为这个本应天真可爱，却因为耳濡目染那来自"白种人世界"里的种族歧视而受到污染的小小的心灵而悲哀。朱自清先生觉得，这小小的白种人的孩子如此傲慢，实在是整个世界的损失和悲哀！他进而想到，难道只有白种人的孩子才是"上帝的骄子"吗？不，谁都可能是"上帝的骄子"。这个孩子留给作家的记忆是异常深刻的。

朱自清先生曾在江苏省立第八中学当过教师。有一次，当他给学生朗读一段古文时，坐在前排的一位瘦小的孩子把头微微摇了两下，这个动作被他一眼瞥见了。他随即中止了朗读，走到这位学生的跟前，谦和地俯身问道："你有不同的'句读'方法吗？"学生当即站起来说："朱先生，我认为您刚才有两句断错了，我觉得应该是这样……"朱自清沉吟片刻，觉得这孩子言之有理，便随即予以真诚的褒奖："此生断句精当，匡正了我的谬误。古人云：弟子不必不如师，师不必贤于弟子……"接着他又询问道："你叫什么名字？"学生答道："余冠英。"朱先生微笑着说："好极了！希望你将来名副其实，成为真正的群英之冠！"

从此以后，身为知名作家和学者的朱自清，便与学生余冠英

的接触逐渐多了起来，他们经常在一起切磋学问。"名师出高徒"。在朱先生的悉心指导下，余冠英的学业猛进，他终于成为一位著名的学者、以研究《诗经》和屈原而著称的教授。

　　读过朱自清先生的散文名篇《背影》的人，都会对那位善良无私的父亲肃然起敬。这篇散文里写到，父亲 这是语文课本里没有讲过的《背影》后续。 曾写信给朱自清，问起自己的小孙子孙女们的情况时说："我没有耽误你，你也不要耽误他们才好。"朱先生为这话大哭一场，他暗暗地下定决心，要好好地做孩子们的父亲。所以，在后来艰难动荡的岁月里，在他的夫人去世后的日子里，他也像自己善良无私的父亲对待自己一样，无微不至地培养自己的孩子们。孩子们没有辜负父亲的爱心与期望，一个个都长大成才，成为于国家、于社会有贡献的人才。

*《你我》，生活·读书·新知三联书店 2006 年出版，朱自清著。

*《论雅俗共赏》，生活·读书·新知三联书店 2008 年出版，朱自清著。

当朱先生作为中国有骨气的知识分子，满身正气地"宁愿饿死也不吃美国救济粮"，最终在贫病交加中与世长辞之后，他所留下的浩繁的著作，就是由他的儿子朱乔森亲手编选和整理的。可惜的是，朱先生已经不能知道孩子们的成就了。

朱乔森在回忆父亲的一篇文章中曾这样写道："在中学教书时，许多学生都争着要他教课……作为一名教师，他的确不仅传授了知识，而且用自己的人格为学生树立了风范。"

朱自清先生的散文，大都清澈易懂，隽永而有味，有许多篇目，连小学生都能张口背诵，因此无须一一分析解读。"风格即人"。我们从朱自清先生的人格，也可想见他的文字里所散发出的精神光芒，足可照亮他的每一篇散文。

阅读书目推荐

《三寄小读者》，冰心著，少年儿童出版社

《小橘灯：冰心专集》，冰心著，晨光出版社

《朱自清散文》，朱自清著，人民文学出版社

《朱自清散文》，朱自清著，北京出版社

《你我》，朱自清著，生活·读书·新知三联书店

《论雅俗共赏》，朱自清著，生活·读书·新知三联书店

《经典常谈》，朱自清著，生活·读书·新知三联书店

《荷塘月色：朱自清专集》，朱自清著，晨光出版社

雅致的改写

一

    ……风刮得很猛，雷雨也更大了。风雨的袭击毕竟没有女儿们的狠毒那样叫人扎心，老人家冲出去，跟大自然搏斗去了。走了好几里路，差不多没看见一座矮树林子，国王就在黑夜里迎着狂风暴雨的袭击，在一片荒原上彷徨，向着暴风雨挑战。他要风把地面刮到海里去，要不然的话，就把海浪刮得泛滥起来，把地面淹没，好让叫作人类的这种忘恩负义的动物绝迹。

    ……现在，要是有人听了这个关于仙人和他们所玩的把戏的故事不高兴起来，认为事情太离奇、叫人难以相信的话，那么大家只要这么想就好了：他们自己是在睡觉做梦哪！这些奇遇都是他们在梦里看到的幻象。我希望读者中间没有一个人会这么不讲理，为一场美妙的、无伤大雅的仲夏夜之梦竟会不高兴起来。

这是英国散文作家查尔斯·兰姆和他的姐姐玛丽·兰姆一起用散文体改写的莎士比亚戏剧《李尔王》《仲夏夜之梦》中的两

小段。兰姆姐弟二人都很喜爱莎士比亚的戏剧。因为阅读和研究得比较深入了，他们就一起合作，把莎士比亚的戏剧原作改写成了一本文笔优美流畅、故事简练浅显的《莎士比亚戏剧故事集》，作为一般读者，特别是青少年读者阅读莎士比亚戏剧的"入门读物"。

姐姐玛丽有一次在给一位朋友的信上，写到了他们一起改写这些散文体故事时的情景："我们姐弟俩就像《仲夏夜之梦》里的赫米娅和海伦娜那样，使用一张小桌子，不停地讨论啊，写啊，直到把一篇篇故事完成了……"

他们在这本散文故事的原序里这样写道："这些故事是为年轻的读者写的……在把原作编写成为前后连贯的故事形式而加进去的词句上，我们也曾仔细斟酌，竭力做到不至于损害原作语言的美。"而且，他们为了使它们念起来像散文，便尽可能地把语言处理得

* 莎士比亚戏剧《仲夏夜之梦》舞台剧照

十分简洁和朴素,而又不损害莎士比亚戏剧语言的"天然的土壤和野生的充满诗意的花园"。

他们希望,通过这样的散文化改写,让年轻的读者读了这些故事后,能够"丰富大家的想象,提高大家的品质,使他们抛弃一切自私的、唯利是图的念头",而且,让这些故事"教给他们一切美好的、高贵的思想和行为,叫他们有礼貌、仁慈、慷慨、富有同情心",尤其是等他们长大了以后,可以去读莎士比亚戏剧原作的时候,更会证明,原来,莎士比亚的作品的确是"充满了教给人们这些美德的范例"。

姐弟俩的文心是如此淡然和美好。他们的改写无疑也得到了全世界的认可。将近200年来,有无数卓越的莎士比亚学者、著名的莎剧演员、莎士比亚戏剧的读者和热爱者,最早都是通过这本

＊ 莎士比亚戏剧《李尔王》经典插图

* 莎士比亚戏剧《哈姆莱特》经典插图：等待哈姆莱特的奥菲利娅

散文体的《莎士比亚戏剧故事集》而步入莎剧的艺术殿堂的。那么，喜欢阅读散文，也喜欢莎士比亚戏剧的读者，可不要错过阅读这本散文名著的机会。

二

　　命运有时候是非常不公平的。如果说兰姆姐弟俩改写出《莎士比亚戏剧故事集》是所有莎剧爱好者的幸运，那么他们本身的命运遭际则是全然不幸的。

　　查尔斯·兰姆是一个非常善良的人，他的一生却充满了磨难和悲苦。小时候，家里很穷，爸爸给伦敦的一位律师当仆人，妈妈患有精神病，查尔斯 7 岁时进入一所专门为贫寒子弟开设的慈善学校念书，和后来成为诗人的柯勒律治同学结下了终身的友谊。

　　查尔斯·兰姆学习很用功，拉丁文学得特别好，被公认为学校里的高材生。不幸的是，他天生有口吃的毛病，因此失去了上大学的机会。这是他一想起来就感到十分遗憾的一件事。他说：仅仅因为生理的原因，他便被剥夺了享受高等学校中独有的精神

养料的机会。

因为家境贫寒，查尔斯·兰姆从 14 岁起就开始在社会上谋生，挣一点微薄的薪水补贴家用。他任劳任怨，含辛茹苦，而家里又连遭不幸。因为妈妈的病症，他和姐姐玛丽都受到了遗传的影响。先是他自己，因为青梅竹马的女友被一位有钱的当铺老板娶了去而痛苦万分，一度精神失常，在精神病院里住了一个多月才恢复正常。

他刚出院，家里又发生了一桩惨剧：她的姐姐，由于精神病突发误杀了妈妈，她本人也被送进疯人院。可怜的爸爸受了伤。查尔斯不得不又照顾爸爸，又照顾姐姐……这一年，他才 21 岁。

不幸的事情发生后，兰姆一家的生活陷入了更大的困境。但查尔斯没有被不幸的生活击倒，他擦干眼泪，一个人挑起了赡养失业的老父、照料患病的姐姐的家庭重担。

*《莎士比亚戏剧故事集》中文译本，中国青年出版社1956年出版，查尔斯·兰姆、玛丽·兰姆改写，肖乾译。

*《伊利亚随笔选》中文译本，生活·读书·新知三联书店1987年出版，查尔斯·兰姆著，刘炳善译。

不久，他的老父亲去世了，剩下他和姐姐相依为命。姐姐的病时好时坏，每当他觉察姐姐可能发病的时候，姐弟俩就手拉着手哭着向疯人院跑去。

　　姐姐病好的时候，他们就在一起读书和写作。姐姐也是一个爱好文学、喜欢读书的人。他们在平静和寂寞的日子里相濡以沫，合作写出了不少散文和随笔。《莎士比亚戏剧故事集》就是姐弟俩在这样的日子里一起完成的。

　　为了照顾姐姐玛丽，不使她总待在疯人院或无家可归，查尔斯·兰姆虽然暗中喜欢上了邻居家的一位姑娘，但也只好强忍着心中的爱恋，一生未曾结婚。他舍不得扔下自己可怜的姐姐。他知道，他是姐姐最坚强的精神支柱，他愿意把自己的一生都交给不幸的姐姐。

三

　　在他细心照料姐姐、辛苦挣钱养活姐姐的日子里，他也不辍地从事着散文写作。这些散文就是我们今天所看到的《伊利亚随笔》。这部书已经成为英国乃至世界文学宝库中的一本名著。

我们来阅读其中的一篇《扫烟囱的小孩礼赞》中的几小段：

……他们与曙光一同来临，甚至比曙光来得还要早一点。他们为了找活而发出的幼弱呼声，听起来就像是小麻雀叽叽喳喳的啼叫；他们惯于日出之前就钻入高空干活，这在我看来更像是清晨的云雀。

对于这些影影绰绰的小不点，这些满身污垢的小可怜，这些漆黑一团的小天真——我常怀着一片同情的眷念。

我尊敬这些我们本国土生土长的小黑人——这些小鬼，像牧师似的身穿黑衣大摇大摆，可一点也不装模作样；岁末的凌晨，在那砭人肌肤的寒气里，他们高踞在烟囱顶端，以此为小小的讲坛，向人类进行一场关于坚忍不拔的说教。

我小的时候看见他们操作，感到一种多么神秘的喜悦！眼见得那么一个丝毫不比我大的小孩子，也不知靠着什么门道，竟钻入了那"地狱的入口"——我想象着，他如何一边前进，一边探索那一个一个黑暗而令人窒闷的洞穴，那让人毛骨悚然的阴曹地府！——我战战兢兢地想道："这时候，他怕已经从人间永远消失了！"

细致而准确的情景描述，真切的童年想象，善良的人道情怀和底层关怀意识，朴素而温润的文笔……尽在其中。人们说，《伊利亚随笔》是可怜的查尔斯·兰姆留给世人的"含泪的微笑"。

他是一个那么苦的人，又有一颗那么善良的心；他比任何人受到的痛苦和折磨都多，但他比任何人都更加热爱生活，热爱人类，富有同情心和宽厚的情感。

晚年，查尔斯·兰姆带着姐姐移居到乡下生活。姐弟俩仍然过着相依为命的生活。因为玛丽的病时常发作，所以他们常常遭受人们的白眼，被迫常常搬家，生活维艰。

姐弟俩曾经相约，最好玛丽先死，免得弟弟先走了，她就会孤苦无依。可是，命运连这一个小小的请求也没有答应他们。1834年的一天，查尔斯·兰姆不慎跌倒，不久便不治身亡。剩下可怜的姐姐，在痛苦无助中竟然又活了十来年，最后也在衰病中离开了人世，到天国里寻找她亲爱的弟弟去了。

四

《莎士比亚戏剧故事集》的散文化改写的成功，也带给了我们一些阅读上的启示。其实，无论是中国还

阅读晦涩文学巨著有难度的小读者，建议从较浅显的改写类作品入手，更有利于开发阅读兴趣。

是外国，都有许多因为改写名著而取得极大成功的范例。英国大文豪狄更斯的女儿把狄更斯的一些大部头名著改写成了一些适合少年儿童阅读的散文故事版，读来觉得比那些冗长的原著更能吸引人；比利时大戏剧家梅特林克的戏剧名著《青鸟》，经他本人同意，由他夫人莱勃伦克改写为优美的散文体童话，成了一本与戏剧《青鸟》并存的中篇名著；希腊作家丘尔契用散文体改写的荷马史诗《伊利亚特的故事》，也成了一本世界散文名著。

在中国也有这样的例子。现代文学家冯雪峰先生改写的中国经典寓言集《郁离子》，改写得十分优美。散文家黄裳先生改写的一本中国古典戏曲故事，取名《彩色的花雨》，是一本文笔优美、故事简洁而细节丰盈的散文集，应该也是少年儿童进入中国古典戏剧之门最好的"入门书"。儿童文学家鲁兵先生也改写过好几本中国古典名著如《水浒传》等，还改写过一些经典戏曲如《张生煮海》《包公赶驴》等，都改得十分优美耐读。当代文学家汪曾祺用散文文笔改写《聊斋志异》故事，十分成功；编辑出版家、作家叶至善先生，也用散文体改写过《愤怒的葡萄》等世界文学名著，同样改得十分漂亮。

　　这些改写的例子同时证明了一个规律：改写并非易事；最好的改写，应该也像最好的原创作品一样下功夫。

阅读书目推荐

《莎士比亚戏剧故事集》，〔英国〕查尔斯·兰姆、玛丽·兰姆改写，肖乾译，中国青年出版社

《伊利亚随笔选》，〔英国〕查尔斯·兰姆著，刘炳善译，生活·读书·新知三联书店

《伊利亚特的故事》，〔希腊〕荷马著，丘尔契改写，水建馥译，中国青年出版社

附 录

引子 散文能带给我们什么

吴然选评	《吴然教你读散文》	小学三年级以上推荐阅读
〔苏联〕帕乌斯托夫斯基	《金蔷薇》	小学六年级以上推荐阅读
〔苏联〕帕乌斯托夫斯基	《面向秋野》	小学六年级以上推荐阅读
老舍等著	《笔谈散文》	家长或教师、学生推荐阅读
汪曾祺著	《晚翠文谈新编》	家长或教师、学生推荐阅读

人类的群星闪耀时

梁衡著	《梁衡红色经典散文选》	初中一年级推荐阅读
梁衡著	《梁衡散文中学生读本》	初中一年级以上推荐阅读
〔奥地利〕斯蒂芬·茨威格著	《人类的群星闪耀时》	初中一年级推荐阅读
〔法国〕罗曼·罗兰著	《名人传》	初中二年级推荐阅读
〔法国〕罗曼·罗兰等著，傅雷译	《傅译传记五种》	初中以上推荐阅读

童心最美

丰子恺著	《给我的孩子们》	小学四年级推荐阅读
丰子恺著	《白鹅：丰子恺专集》	小学四年级推荐阅读
丰子恺著	《丰子恺散文选集》	小学四年级以上推荐阅读
丰子恺著	《缘缘堂随笔集》	小学四年级以上推荐阅读

励志的乐章

〔苏联〕高尔基著	《高尔基早期作品选》	小学四年级以上推荐阅读
〔苏联〕高尔基著	《鹰之歌：高尔基散文经典》	小学四年级以上推荐阅读
〔苏联〕高尔基著	《高尔基和儿子的通信》	小学四年级以上推荐阅读
〔苏联〕高尔基著	《高尔基儿童文学作品选》	小学四年级以上推荐阅读
〔苏联〕密德魏杰娃编	《高尔基论儿童文学》	家长或教师、学生推荐阅读

再来一次童年

林海音著	《我的童玩》	小学三年级推荐阅读
林海音著	《城南旧事》	小学三年级以上推荐阅读
林海音著	《英子的乡恋》	小学三年级以上推荐阅读
林海音著	《英子的心》	小学三年级以上推荐阅读
林海音著	《两地》	小学五年级推荐阅读
鲁迅著	《朝花夕拾》	初中一年级推荐阅读

一切从童年开始

〔苏联〕米哈尔科夫著	《一切从童年开始》	家长或教师、小学生推荐阅读
〔法国〕亚纳托尔·法朗士著	《一个孩子的宴会》	小学三年级以上推荐阅读
〔德国〕亨利希·曼著	《童年杂忆》	小学三年级以上推荐阅读
徐鲁著	《童年的小路》	小学三年级以上推荐阅读
〔德国〕瓦尔特·本雅明著	《驼背小人——一九〇〇年前后柏林的童话》	小学五年级以上推荐阅读
〔挪威〕古尔布兰生著	《童年与故乡》	小学五年级以上推荐阅读
〔法国〕萨特著	《文字生涯》	初中二年级推荐阅读

再小的钻石也会闪光

〔日本〕黑柳彻子著	《窗边的小豆豆》	小学一年级以上推荐阅读
〔日本〕黑柳彻子著	《小时候就在想的事》	小学一年级以上推荐阅读
〔日本〕黑柳彻子著	《不可思议国的小豆豆》	小学一年级以上推荐阅读
〔日本〕黑柳朝著	《小豆豆与我》	小学五年级推荐阅读

通往心灵花园的小径

秦文君著	《一只八音盒》	小学三年级推荐阅读
秦文君著	《儿童文学读写之旅》	初中以上推荐阅读
桂文亚著	《糖果人来了》	小学四年级以上推荐阅读
桂文亚著	《你一定会听见的》	小学四年级以上推荐阅读
桂文亚著	《美丽眼睛看世界》	小学四年级以上推荐阅读
桂文亚著	《二郎桥那个野丫头》	小学四年级以上推荐阅读
桂文亚著	《直到永远》	小学四年级以上推荐阅读
桂文亚著	《长着翅膀游英国》	小学四年级以上推荐阅读

"会思想的芦苇"

赵丽宏著	《赵丽宏文集》	小学五年级以上推荐阅读
赵丽宏著	《赵丽宏散文》	小学五年级以上推荐阅读
赵丽宏著	《少年时代的秘密》	小学五年级以上推荐阅读
赵丽宏著	《为你打开一扇门》	小学五年级以上推荐阅读
赵丽宏著	《望月:赵丽宏专集》	小学五年级以上推荐阅读

书信体散文

鲁迅、景宋著	《两地书》	小学六年级推荐阅读
傅雷著	《傅雷家书》	初中二年级推荐阅读
〔美国〕欧文·斯通、吉恩·斯通编	《凡·高自传——凡·高书信选》	初中二年级推荐阅读
〔德国〕贝多芬著	《贝多芬书信选》	初中二年级推荐阅读
朱光潜著	《给青年的十二封信》	初中二年级推荐阅读
朱光潜著	《谈美书简》	初中三年级推荐阅读
〔奥地利〕里尔克著	《给一个青年诗人的十封信》	初中三年级推荐阅读

大作家的小经典

冰心著	《三寄小读者》	小学五年级推荐阅读
冰心著	《小橘灯：冰心专集》	小学五年级推荐阅读
朱自清著	《朱自清散文》	小学五年级以上推荐阅读
朱自清著	《你我》	小学五年级以上推荐阅读
朱自清著	《荷塘月色：朱自清专集》	小学五年级以上推荐阅读
朱自清著	《论雅俗共赏》	初中以上推荐阅读
朱自清著	《经典常谈》	初中以上推荐阅读

雅致的改写

〔英国〕查尔斯·兰姆、玛丽·兰姆改写	《莎士比亚戏剧故事集》	小学六年级以上推荐阅读
〔英国〕查尔斯·兰姆著	《伊利亚随笔》	小学六年级以上推荐阅读
〔希腊〕荷马著，丘尔契改写	《伊利亚特的故事》	小学六年级以上推荐阅读

图书在版编目（CIP）数据

散文的风骨. 通往心灵花园的小径 / 徐鲁著 . —北
京：海豚出版社，2023.10
（少年读写课）
ISBN 978-7-5110-6567-4

Ⅰ. ①散… Ⅱ. ①徐… Ⅲ. ①儿童文学 – 散文 – 文学
欣赏 – 世界 – 少年读物 Ⅳ. ① I106.8-49

中国国家版本馆 CIP 数据核字（2023）第 162420 号

少年读写课

散文的风骨：通往心灵花园的小径

徐鲁 / 著

出 版 人：王 磊

选题策划：李 朵　　　　　装帧设计：萝 卜
责任编辑：杨文建　　　　　内文设计：史明明
项目编辑：刘莎莎　　　　　法律顾问：中咨律师事务所　殷斌律师
美术编辑：沈秋阳　　　　　责任印制：于浩杰　蔡 丽
封面绘画：鞠青妤

出　　版：海豚出版社
地　　址：北京市西城区百万庄大街 24 号
邮　　编：100037
电　　话：010-88356856　　010-88356858（销售）
　　　　　010-68996147（总编室）
印　　刷：小森印刷霸州有限公司
经　　销：全国新华书店及各大网络书店
开　　本：32 开（880mm×1230mm）
印　　张：6
字　　数：129 千
版　　次：2023 年 10 月第 1 版 2023 年 10 月第 1 次印刷
标准书号：ISBN 978-7-5110-6567-4
定　　价：35.00 元